DE LA MÊME AUTRICE

Aux Éditions Gallimard

LAISSEZ-MOI VOUS REJOINDRE, roman, 2021.

BIENTÔT LES VIVANTS

AMINA DAMERDJI

BIENTÔT LES VIVANTS

roman

GALLIMARD

À mes parents

À ma fille, Iris

A galopar, a galopar, hasta enterrarlos en el mar

Nadie, nadie, nadie, que enfrente no hay nadie
que es nadie la muerte si va en tu montura
galopa caballo cuatralbo, jinete del pueblo
que la tierra es tuya

A galopar, a galopar, hasta enterrarlos en el mar

Galope, galope, jusqu'à les enterrer dans la mer

Personne, personne, personne, puisqu'en face il n'y a personne,
puisque la mort n'est personne si elle chevauche ta monture
galope cheval aux pieds blancs, cavalier du peuple
puisque cette terre est la tienne

Galope, galope, jusqu'à les enterrer dans la mer

RAFAEL ALBERTI,
Capitale de la gloire (1938)[1]

1. Traduction de l'autrice.

SEPTEMBRE 1997

Les ruelles de Sidi Youcef n'étaient pas éclairées. Il fallait se contenter du halo des fenêtres pour guider ses pas. Les familles dînaient porte entrouverte ce soir-là. Moins pour l'air doux de la fin d'été que pour le *nif*, le nez altier, l'orgueil de montrer qu'elles n'avaient pas peur. Vint l'heure où les enfants rechignèrent à dire bonne nuit à leurs camarades. Ils voulaient clore d'un dernier but leur partie de football. Leurs mères savaient les rappeler d'une voix ferme, sans mettre un pied dehors, sans salir leurs mules d'intérieur dans la poussière d'une route même pas goudronnée. À quoi bon gaspiller l'argent public pour trois kilomètres de hameau étiré sur une crête en bordure d'une forêt qui finirait par tout engloutir ? L'État à cette époque avait beaucoup mieux à faire. Beaucoup plus à faire. À se demander, d'ailleurs, ce qu'il faisait vraiment.

Aïcha fronça ses sourcils. Elle, la petite fille déjà un brin autoritaire, pressait sa grand-mère pendant que celle-ci la peignait. Vite, Jida ! Noue ma queue-de-cheval, plus vite ! Ne vois-tu pas que le gâteau de riz va refroidir ? Elle ne supportait plus la lenteur des gestes de la vieille femme, ses coups d'éponge ralentis sur la table, ses grimaces quand elle se soulevait de sa chaise. Du haut de ses sept ans, Aïcha ignorait tout de la langueur des muscles qui s'amenuisent, des vertèbres qui se tassent, du ploiement douloureux des chairs. Elle s'agaçait. Un instant plus tôt, Mahfoud, son père, avait osé quitter la table sans finir son repas. Il avait laissé un fond de lentilles dans son assiette – sa seconde certes, et alors ? Était-il obligé d'obéir aux voisins qui le hélaient par les fenêtres pour aller jouer aux dominos ? L'horrible partie de la fin du week-end, ce moment injuste où on lui volait les derniers instants avec son père, avant que ne commence l'harassante semaine, le déchargement des containers sur le port qui lui fabriquait ces bras de géant. Mahfoud s'était levé en mastiquant. Il avait trempé un dernier morceau de pain dans la sauce puis il était sorti.

Aïcha bouillonnait. Comment ? Sa mère avait cuisiné un gâteau de riz, et à cause de ce jeu stupide son père allait le manger froid ? Alors qu'il était succulent tiède, quand le lait parfumé à la fleur d'oranger faisait fondre les grains sur la langue, pas quand le frigidaire avait rendu l'ensemble pâteux et collant ! Allez, Jida, le chouchou rose ! Il ceignait à peine ses cheveux qu'elle se dégagea et courut au-dehors, tenant l'assiette à dessert entre les mains. Jida sourit. Cette petite mourrait pour son père, selon l'expression arabe qui, pour dire l'amour, dit la mort. À pas de louve, Aïcha s'approcha de la placette où les hommes jouaient. Leurs cinq ombres se croisaient sur le tabouret qui servait de table pour le jeu et pour le thé. Son père lui tournait le dos. Elle se cacha derrière une façade. Elle allait lui faire une farce. Elle allait lui ficher une frousse dont ils riraient pendant des jours. Elle plaqua ses omoplates contre le mur, plaqua l'assiette contre son ventre rond puis sursauta. Des pneus venaient de crisser tout près d'eux. D'un réflexe du pouce, elle empêcha le gâteau de tomber. Les joueurs avaient levé la tête. L'inquiétude dessinait des vagues sur le front d'Achraf, le plus jeune. Des voix d'hommes qu'elle ne connaissait pas les apostrophèrent durement. Pour qui se prenaient-ils ? se demanda-t-elle en se fâchant. Les portes des camions s'ouvrirent et des hommes vêtus d'un uniforme sombre en sortirent. Exactement les mêmes qu'à la télévision. Elle était au courant. Elle n'était pas de ces enfants dont on bouchait les oreilles. Sa maison était de toute façon trop petite pour qu'elle n'entende pas les chuchotements de ses parents. Ils lui avaient expliqué : Ceux-là, tu ne dois pas les craindre, ce sont des militaires qui chassent les terroristes. Les joueurs de dominos se levèrent pour répondre aux questions. Quelqu'un assurait-il la protection du village ? Non, personne en particulier. Sidi Youcef était trop près d'Alger et des casernes pour s'auto-organiser en milices. Un rictus déforma le visage d'un des visiteurs.

Si Mahfoud avait été plus attentif à cette moue, s'il avait été plus fin observateur des mimiques qui contredisent les discours, il n'aurait pas tourné le dos aux soldats, ni laissé ses épaules retomber. Il ne se serait pas félicité : voilà bien une patrouille de sécurité consciencieuse ! Il se serait inquiété d'autre chose que de l'amertume qui gagnait la théière. Papa ! Un homme en tenue sombre brandit une hache. Trop tard, Aïcha. Le son n'est pas sorti de ta gorge. Tant pis pour ta conscience. Tant pis pour tes souvenirs d'enfance. La lame fendit le crâne d'Achraf, qui hoqueta sur le sol. Mahfoud bondit. Il était pataud pour déchiffrer les figures, mais il savait cogner. Il se jeta sur l'agresseur, lui asséna un coup de poing en visant le centre du thorax. Que se passait-il ? Le père d'Aïcha recula. Le treillis de son adversaire s'était craquelé. L'homme le toisa en ricanant puis, plaçant ses deux mains sur son torse, déchira le vêtement. Une toile marron brute apparut. Les joueurs brisèrent leur verre, les pieds des chaises, prêts à se battre mais se sachant perdus.

Des hommes bondirent des camions en poussant des cris gutturaux. Ils avaient enroulé des chèches noirs autour de leur tête. La drogue embrumait leurs yeux. Un khôl poudreux intensifiait le tracé de leurs cils. Ils étaient vêtus comme les jeunes du village, de jeans et de baskets avec, en plus, des sabres à leur ceinture. Aïcha n'avait jamais vu de si grandes lames. Les joueurs de dominos hurlèrent.

Aïcha courut à travers le village. Ses jambes tremblaient et son cœur battait si fort qu'il semblait vouloir sortir de sa poitrine. Elle connaissait le mot, *dhabahine*, les égorgeurs. *Dhabahine*, *dhabahine !* Quelques villageois, alertés par les hurlements, se montrèrent aux fenêtres et sur les paliers. Ils secouèrent la tête devant cette petite qui s'égosillait en tenant une part de gâteau dans ses mains. Voilà à quoi jouent nos enfants maintenant, soupirèrent-ils. Eux-mêmes avaient cessé depuis longtemps de réprimander leur progéniture quand elle feignait d'arracher la tête d'un petit frère en brandissant une branche taillée en couteau. Ils ne virent personne devant ni derrière elle. Certains rentrèrent chez eux en grommelant. Un vendredi soir tout de même. D'autres restèrent, anxieux malgré tout.

La main vacillante de Hakima s'agrippa au cadre de la

porte. Elle lisait de la terreur dans les yeux de sa fille. Elle monta péniblement à la terrasse. Son ventre lourd de trois grossesses se serra. Elle regarda à droite puis à gauche. À l'orée de la forêt, elle reconnut, grâce aux phares des camions, la silhouette de son mari allongé sur le ventre, et le dos de cette chemise qu'elle avait raccommodée tant de fois. Elle redescendit si précipitamment qu'elle manqua de se prendre les pieds dans sa longue robe d'intérieur. Elle saisit la casserole de lentilles ainsi qu'une poêle huileuse. De retour en haut, elle leva les bras au-dessus d'elle et fracassa les deux ustensiles l'un contre l'autre, sans se soucier de la nourriture qui coulait dans ses cheveux ni de ses épaules qui crampaient. Elle s'époumona. Ils sont là ! Les terroristes sont entrés dans la ville ! Entre-temps, d'autres habitants étaient montés à leurs terrasses et fracassaient eux aussi poêles, louches et casseroles, si usées qu'elles ne reflétaient pas un rayon de lune.

Selma gratta son front de ses ongles ras. Quel tintamarre ! Un bruit pénible qui réduisait à néant ses efforts de concentration. Elle repoussa ses fiches de médecine vétérinaire. Là-haut, sur la photographie, le cheval bai la fixait de ses grands yeux mélancoliques. La cicatrice qui fendait le sourcil de la jeune femme ondula. Quel son étrange. Ni sec comme les déflagrations des bombes qui avaient explosé tout l'été dans le centre-ville d'Alger, ni diffus et crépitant comme celui des tirs que terroristes et forces de l'ordre – policiers, soldats, parfois simples appelés ou même civils armés – échangeaient habituellement la nuit dans la forêt. Un bruit chaotique provenant de l'autre côté du mont boisé de Baïnem. Côté terre, pas côté mer où Selma et sa famille vivaient au milieu d'autres maisons cossues. Elle savait bien qu'en cas de heurts il fallait surtout s'éloigner des vitres. Nombreux étaient ceux qui, seuls dans leur chambre ou leur salon, avaient senti les balles siffler si près de leur oreille qu'ils en étaient devenus fous quand, pire, ils n'avaient pas été blessés. Pourvu que cette fois ce ne soit pas un son triste. Qu'au contraire un incident la fasse rire. Elle était à l'affût de tout ce qui était susceptible de déclencher son hilarité, de contracter fort les muscles de son ventre afin d'expulser cette nervosité que les événements, comme on les appelait, l'obligeaient à emmagasiner. Elle ouvrit grand la fenêtre. Rien au-delà du mur de ciment dont on avait dû doubler la hauteur. Les rues étaient vides comme toujours à cause du couvre-feu. Dans le jardin, une silhouette avançait vers le portail.

— Maya !

Son carré de cheveux blonds virevolta, découvrant deux clavicules faméliques. Sa cousine la défia d'un retroussement de lèvres.

— Tu ne vas pas m'interdire de faire mon travail, toi aussi ?

Selma remarqua l'appareil photo qui creusait son chemisier. Maya avait changé. Depuis qu'ils s'en étaient pris à Naïma, sa collègue, la bavarde qui riait si fort qu'elle dérangeait tout le monde au journal, elle n'était plus la même. Elle sortait parfois seule, sans chauffeur ni instruction de la rédaction, simplement munie de son objectif. Son récent séjour de repos dans le désert, offert à toute l'équipe par une direction inquiète pour ses employés, n'avait fait qu'aggraver son état. Onze journalistes soudainement extraits d'une guerre civile qui déchirait le Nord mais où ils avaient pris leurs marques, catapultés au

Sud, dans un hôtel luxueux de l'oasis de Ghardaïa, sans autre occupation que la contemplation des étendues de sable rocailleux, plongés dans un silence à peine troublé par les jappements des fennecs chasseurs de sauterelles.

Maya avait passé son temps à l'ombre brûlante des palmiers-dattiers, écrasée par la chaleur du Sahara qui lui avait ôté ses dernières résistances face au reflux de souvenirs. Elle avait ainsi vu défiler, comme les pages d'un album que quelqu'un aurait feuilleté à sa place, ces images qu'elle pensait avoir laissées derrière la porte de la chambre noire. Au bout d'une semaine, la cousine de Selma était rentrée plus mal en point qu'elle n'était partie. Irritable, les paupières boursouflées et les épaules secouées de tics nerveux. Elle restait pourtant belle. D'une beauté à vif, aux angles abrupts.

Une ouverture sur la rue se découpa dans le grand portail. Tu n'as qu'à venir, nargua-t-elle Selma avant d'enjamber le seuil de métal. Où ? À Sidi Youcef. Une attaque est en cours. Selma enfonça la pulpe de ses doigts dans le cadre plein d'échardes. Elle lui avait interdit de mentionner le village. Pas en sa présence. Pas depuis qu'elle avait cessé de rendre visite à Hakima et à Mahfoud dont les genoux s'étaient cornés à force de prier Dieu de leur rendre leur fils. Et puis il y avait Jida, la grand-mère d'Adel que Selma adorait parce qu'elle lui faisait penser à sa propre grand-mère, Mima, même si la première venait de l'Est kabyle et la seconde de l'Ouest tlemcénien.

— Je te suis.

Maya vit les jambes arquées de sa cousine apparaître en haut des marches de ciment. Était-ce dangereux ? Le sourcil fendu de Selma remonta haut sur son front. Maya soupira.

Non. Sidi Youcef jouxtait une des principales casernes de la capitale. Il ne pouvait rien leur arriver. Elle referma précautionneusement le portail derrière elles. Inutile de réveiller les autres. L'angoisse avait écourté suffisamment de nuits dans cette famille. Les deux jeunes femmes traversèrent la forêt, feux éteints.

De sa terrasse, Hakima vit la lame de la hache disparaître dans le cou de son mari. Puis les tueurs entrer dans les maisons en défonçant les portes. Ils sortaient d'abord à coups de pied les hommes qui n'avaient ni armes ni endroit où se cacher. Ils les traitaient de traîtres, de vendus à la solde du gouvernement, de *kouffar*, de mécréants. Ils les égorgeaient sur les paliers. Puis ils allaient chercher le reste de leur famille.

Hakima avait encore deux enfants avec elle, son petit dernier, Hafid, qu'elle sortit des draps et Aïcha, qu'elle trouva recroquevillée dans les bras de Jida, la manche pleine du gâteau de riz qu'elle avait renversé sur la table. Hakima chercha de ses yeux affolés une cachette. Elle se creusa la cervelle. Elle courut dans la chambre, ouvrit les placards. Pas assez profonds. Derrière la cloison, elle entendit le couple de voisins murmurer : Je te tuerai. Avant leur arrivée, je te tuerai, puis je me tuerai moi-même. Elle repartit, chancelante, dans le salon. Ils se rapprochaient. Ils venaient de faire tomber leur antenne parabolique en psalmodiant. Ils envahirent la maison d'en face. Hakima reconnut la voix de Sofia, sa voisine qui allaitait encore, les implorer d'épargner son nourrisson puis des râles rauques quand les lames tranchèrent les cous. La seule issue était de monter à la terrasse puis de sauter de l'autre côté de la rue, au risque de se casser un bras ou une cheville. Elle fuirait, même blessée, même en rampant dans les ronces. Aïcha et Hafid la suivirent en lui tenant la main dans les escaliers. Leurs paumes glissaient dans les siennes. Les enfants se retournèrent. Et Jida ? Leur grand-mère les regarda en secouant la tête. Elle se sentait trop vieille, trop fatiguée. Elle attendrait son sort sur cette chaise. Aïcha poursuivit son ascension, le poignet tordu de douleur. Une fois en haut, la petite eut le vertige. Elle refusa de sauter. Hakima demanda pardon à Dieu et la poussa dans le vide. Puis elle ferma les yeux. Un, deux, trois. Elle rejoignit ses enfants dans les broussailles.

Neuf ans plus tôt

OCTOBRE 1988

Le froissement des sacs plastique que sa mère et sa grand-mère vidaient, puis jetaient en boule dans un panier arracha Selma à un doux rêve. Son père venait de rentrer du marché. Comme d'habitude, il avait déposé sur le sol carrelé de la cuisine, luisant de propreté dans la lumière crue du matin, une dizaine de sacs noirs percés par les épines des cardons et les tiges cassantes des mandarines. Il s'était servi le fond encore tiède de la cafetière, n'avait pas nettoyé la tache qu'il avait faite sur la gazinière et était allé fumer dans la véranda. De toutes les pièces de la maison, c'était celle que Brahim préférait. Une extension vitrée, proéminente, au dernier étage, qui lui donnait l'impression, dès qu'il en ouvrait les six fenêtres, d'être sur la proue d'un bateau. Il alluma sa cigarette et, après avoir expiré la fumée, fendit d'un sourire son beau visage aux pommettes ottomanes. Dans quelques heures, ses amis les plus chers l'entoureraient.

Selma enfouit sa tête sous l'oreiller. Un instant plus tôt, elle galopait sur la plage, debout sur ses étriers, les yeux mi-clos par le soleil et les éclaboussures d'eau de mer. Mais le clapotement des sabots dans les vagues s'était définitivement métamorphosé en éclats de voix aigres, celles de sa mère et de sa grand-mère qui se chamaillaient au sujet de la recette de la méchouïa. Mima, qui venait de l'Ouest, tenait à recuire les poivrons dans une poêle tandis que sa belle-fille, Zyneb, mettait un point d'honneur à les servir grillés au four, simplement arrosés de l'huile d'olive amère et fruitée dont elle recevait deux bidons par an de sa famille kabyle. Selma grogna. Au diable les empêcheuses de dormir en paix ! De l'autre côté de la cloison, les deux femmes s'interrompirent une seconde puis haussèrent de nouveau le ton. Selma s'étira d'un mouvement rageur, se cognant au rebord en chêne de son lit d'enfant. Ses jambes poussaient si vite qu'elles lui causaient des douleurs atroces, une inflammation des muscles et des tendons plus lents à grandir que les os. Attendre. Nul autre remède. Une forme de passivité qu'elle avait adoptée depuis qu'elle avait été propulsée au dernier rang de la photographie de classe et au premier des moqueries des collégiens.

Il y avait eu la gigasse, l'asperge, la grande perche et, durant les semaines qui avaient suivi la sortie scolaire au zoo de Ben Aknoun, la girafe. Elle n'avait pas pleuré. Selma se serait arraché les yeux plutôt que de verser une larme devant ces visages poupins, bourgeonnants, qui scandaient Selma, *zirafa*, Selma, *zirafa* ! C'était vrai. L'animal lui ressemblait, élongé et disgracieux, les os si saillants qu'ils auraient pu lui percer la peau. Sa démarche était comme la sienne : gauche. Ni les semelles ni les séances de rééducation chez le médecin n'étaient parvenues à redresser le pied de l'enfant, inexorablement tourné vers l'intérieur. Au zoo, ses camarades avaient enfin changé de cible. Ils rugissaient devant la cage aux lions amorphes, assommés par les somnifères. Pendant ce temps, la girafe s'était lancée au galop et Selma avait été stupéfiée par sa grâce soudaine. Ce n'est donc que cela, avait-elle pensé, l'aisance est une question de vitesse. Il lui suffisait de trouver la sienne.

Zirafa ne dura pas. *Selloum*, l'échelle, la remplaça, puis *sellouma* après une réflexion innocente de Maya, la cousine de Selma, lancée à voix haute en pleine dictée.

— Zut ! J'ai pensé à Selma et j'ai écrit *sellouma*.

La classe entière avait éclaté de rire. Vingt élèves qui se tenaient les côtes au-dessus des tables jusqu'à ce que la professeure d'arabe, une Égyptienne autoritaire, mal comprise par ces enfants qui parlaient tous français chez eux, balance des craies sur les têtes.

Maya était à croquer. Des cheveux châtains qui blondissaient au soleil. Une silhouette fine et tonique de gymnaste lui valant des requêtes pressantes. Allez, Maya, montre-nous encore comment tu exécutes la souplesse avant. Elle faisait craquer ses doigts minuscules. Elle s'élançait à travers la cour de récréation, plaquait les paumes sur le gravier et se redressait sous les applaudissements. Son nez court et rond frémissait. Dans un instant, les garçons allaient glisser dans son cartable des mots d'amour parfumés. Les filles lui garderaient une place à la cantine, comme elles le faisaient aussi avant les voyages en France de son père, le cousin germain de Brahim. Charef Hakkar se rendait régulièrement à Paris pour son travail. Sa valise était presque vide à l'aller, mais il devait s'aider de son arrière-train massif pour la fermer au retour. Barbie, Polly Pocket, pulls en laine soyeux et jeans de marque : Maya donnait ce qu'elle n'aimait pas ou ce dont elle s'était lassée à ses amies et plus rarement à sa cousine qui n'osait jamais demander.

Selma dégagea sa tête de sous l'oreiller. Comme tous les matins, elle salua chaque cheval sur les posters dont elle avait tapissé les murs. Pas un centimètre de vide. Au point qu'il fallait lever les yeux au plafond pour découvrir la couleur de la peinture, un jaune coquille terni par le temps. Elle les aimait tous. Ceux qui, loin des paddocks et des manèges, broutaient l'herbe grasse, la crinière ondulant dans leurs pâturages. Ceux qui, harnachés, éperonnés par leur cavalier, sautaient des obstacles gigantesques, étirant au-dessus des barres leur encolure musculeuse coiffée de pions, des petites tresses enroulées sur elles-mêmes. Elle soupira. Elle tendit la main dans la pénombre pour récupérer sa tenue d'équitation jetée la veille au bas du lit. Elle maudissait ce déjeuner de fête en l'honneur de son père. Une bénédiction pour le reste de la famille. Brahim, si jeune et déjà chef du service de pédiatrie de l'hôpital de Baïnem. Les Bensaïd allaient enfin pouvoir réparer l'antique tuyauterie, celle qui menaçait de se dévisser sous la pression de l'eau. Et l'électricité qui sautait dès que le grille-pain et la machine à laver fonctionnaient en même temps. Et par pitié, combler avec du plâtre cette balafre à la face de la maison, cette lézarde profonde creusée par les tremblements de terre successifs. Mais Selma l'aimait, elle, cette entaille dans la façade qui grimpait et verdoyait jusque sous sa fenêtre. La promotion de Brahim avait également déclenché des rêves de vêtements et de chaussures neuves, des compulsations tardives et enthousiastes, avec le thé du soir, de catalogues d'agences de voyages. L'Europe. Et pourquoi pas l'Amérique ! Selma elle-même se réjouissait de pouvoir renouveler son matériel de pansage ainsi que ses culottes d'équitation qui remontaient de plus en plus haut sur ses mollets. Elle haïssait cependant ces déjeuners où les adultes ébouriffaient sa chevelure, pinçaient ses joues en criant des « *khmous!* » suraigus censés la prévenir du mauvais œil. Qui pourrait envier son allure gauche et ses sourcils touffus ? Les adultes l'ennuyaient. Elle préférait la compagnie des chevaux. Ils ne trichaient pas, eux. Ils ne mentaient pas. Zyneb s'était montrée intraitable. Moue revêche, voix tranchante et deux sillons creusés entre les sourcils : sa fille devait être de retour pour midi, douchée, coiffée et, surtout, parfumée. La peste des enfants qui sentent mauvais !

Zyneb ne supportait pas l'odeur de crottin que sa fille ramenait chez eux la moitié de la semaine. Sans parler de ses culottes d'équitation qui empuantissaient le bac à linge. Directement dans la machine, Selma, ton caleçon à canasson ! Mais le tambour est plein ! La mauvaise foi était une seconde nature chez cette gamine.

C'était tout son temps libre que Selma consacrait à ses bêtes. Elle avait appris à expédier ses devoirs. Elle savait qu'en cas de mauvaise note elle serait privée d'équitation. Elle passait ses lundis et jeudis après-midi ainsi que son vendredi tout entier (jour de la grande prière hebdomadaire censée apaiser les esprits) au centre équestre de Baïnem, un complexe de trois écuries, deux ronds de longe et trois carrières au cœur de la forêt. Les jours de beau temps, elle partait en balade. Un parcours de saut d'obstacles avait été disposé entre les arbres. Le seul que Selma n'avait encore jamais franchi était un très long oxer surnommé « tabla », une table de pique-nique recouverte d'orties.

Selma ouvrit les volets de sa chambre et huma l'air marin. Des particules de fumée étaient encore perceptibles. Plus bas, à Bab El Oued, les émeutiers avaient embrasé des pneus toute la nuit. Des voyous ! s'était emporté Brahim tandis que Mima déplorait l'action de l'armée. Pour la première fois depuis l'indépendance, des chars avaient roulé sur Alger. L'état de siège avait été déclaré.

Allaient-ils mourir ? La veille, les tirs de mitraillette avaient réveillé Selma qui avait tapé à la porte de ses parents. Son pyjama trop court découvrait ses mollets. Viens, *zina*. Les bras de son père, vigoureux, tannés par le soleil, l'avaient enserrée. Sa mère lui avait délicieusement griffé le dos. La maison des Bensaïd se dressait en surplomb des incidents. Une centaine d'hectares boisés les protégeaient. Elle pouvait dormir paisiblement.

Les volets frappèrent la façade en pierre. Selma inspira. Enfin. L'odeur terreuse de la forêt. Elle contempla un instant l'habit automnal des vieux chênes. Or éclatant, fauve, lie-de-vin. Pourquoi les feuillages prennent-ils leurs plus belles teintes avant de s'offrir à nos semelles ?

Elle saisit son gilet et ouvrit la porte le plus discrètement possible. Point de toilette ce matin. L'eau du lavabo alerterait sa mère, laquelle, vraie peste quand elle le décidait, pourrait changer d'avis et la contraindre à rester, lui ordonnant de ranger sa chambre ou, pire encore, d'attendre pour éplucher les poivrons dont la peau noircissait déjà dans le four.

Quelques pas feutrés sur le carrelage en damier du couloir et la voilà dans la véranda où Brahim songeait, affalé sur le tissu doré de la banquette. Déjà consommées : une tasse de café dont le marc scintillait dans le verre, trois cigarettes. Il aperçut sa fille aux cheveux hirsutes, à la joue froissée par les plis du drap, et son visage resplendit. Sa moustache se souleva, découvrant ses dents nacrées, brossées avec un acharnement efficace à faire disparaître les taches de café et de tabac.

Sur le siège passager, Selma ronchonna parce que Brahim venait de crier. Papa s'énerve parce qu'il t'aime, *zina*. Cette ceinture qui t'étrangle, c'est pour ton bien ! Mais puisque personne dans cette ville ne la met ! Elle la coinça sous son bassin puis vérifia d'un doigt glissé dans la poche intérieure de son pantalon la présence de ses dinars. Quelques billets remis en cachette par son oncle Hicham. Elle saliva. Des gaufrettes au chocolat et un jus Rouiba ! Voilà ce qu'elle comptait acheter à la buvette du club.

Quand elle revint de la buanderie et vit Mima recuire les poivrons dans une poêle débordante d'huile et d'ail haché, Zyneb quitta la cuisine – dont elle aurait volontiers claqué la porte s'il y en avait eu une – pour s'enfermer dans sa chambre. La poisse des belles-mères tyranniques ! Ses longs pieds osseux allèrent et vinrent sur le sol, son index s'entortilla au bout de sa natte. Assez de ne rien dire, de jouer à la gentille fille qui courbe l'échine. Elle ouvrit l'armoire en bois et fouilla un long moment, penchée en avant, les hanches moulées dans sa robe d'intérieur berbère. Le visage soudainement radieux, elle sortit une boîte en métal dont elle souleva le couvercle. Elle huma, les yeux fermés, transportée.

À l'aide ! Mima hurlait. Zyneb rangea à la hâte la boîte derrière le linge puis se précipita. Ses pieds nus évitèrent de justesse les poivrons qui poursuivaient leur cuisson sur le carrelage. La poêle était renversée. Mima tendait la main sous le robinet d'où s'écoulait un mince filet d'eau tiède. Quand ces coupures d'eau cesseraient-elles? Zyneb emplit une serviette de glaçons puis l'enroula autour de la main de sa belle-mère. Deux jours que Mima était devenue une boule de nerfs. Qu'elle laissait tomber la vaisselle, son aiguille, son dé à coudre, le linge tout juste sorti de la machine sur la dalle du jardin. C'est que Hicham s'était volatilisé. Sa silhouette nerveuse avait disparu de bon matin dans l'ouverture du portail et personne ne l'avait revu. Mima s'en voulait. Elle l'avait senti. Elle avait flairé le danger, mais elle l'avait laissé partir. Elle aurait dû ruser, inventer un de ces mensonges guidés par l'amour maternel, le piéger avec sa tendresse.

Deux jours que la vieille dame, épaules voûtées devant le journal télévisé, se transformait en épervier. Elle scrutait. Au milieu des hordes de jeunes qui fracassaient les vitrines, incendiaient les administrations, retournaient les autobus et les voitures officielles puis se ruaient, nuées de tibias faméliques, sur les carrosseries, Mima ne cherchait qu'une chose : le visage de son fils. Quand la police tirait pour disperser l'attroupement, elle poussait des gémissements.

Les trois niveaux de la maison des Bensaïd, ou de la villa, comme ils préféraient l'appeler, étaient indépendants les uns des autres. Mima jouait le rôle de tampon entre ses deux fils. De trait d'union, corrigeait-elle, irritée si quelqu'un s'avisait d'employer cette expression. Elle vivait au premier étage, l'historique, la seule partie habitable de la maison lors de leur emménagement en 1962. Y menait un escalier en albâtre moucheté, rose et noir, bardé d'une rampe rouillée râpeuse devenue la meilleure alliée de sa vieillesse. Là, dans l'appartement originel, l'odeur de Si Smaïl flottait encore. Mima n'avait pas jeté une chaussette de son défunt mari. Les soirs où dame solitude cognait trop fort au carreau, elle attrapait une cravate, la collait à ses narines puis s'endormait en humant le tissu. Et puis il y avait le gigantesque portrait de Si Smaïl qui surplombait la table de la salle à manger. Une photographie qui, parfois – mais cela Mima se gardait bien de le révéler –, s'animait et parlait avec elle.

Brahim, Zyneb et Selma s'étaient installés au deuxième et dernier étage. Des combles réaménagés après des travaux mal faits parce que mal payés à des ouvriers maliens sans papiers. Résultat, l'escalier de ciment était bâti à la va-vite. Les marches petites, inégales et dangereuses, n'étaient ni peintes ni carrelées. Mais s'il y en avait un qui avait bien le droit de se plaindre, c'était Hicham. Il avait écopé du rez-de-chaussée sombre, donnant directement sur le jardin. Sous les pieds du reste de la famille ! Tout cela parce qu'il ne possédait ni travail, ni femme, ni enfant, ce que réprouvait Brahim, ce frère prétentieux qui depuis la mort de leur père subvenait à leurs besoins. Hicham l'enviait et l'admirait à la fois. Il aimait le provoquer, le mettre hors de ses gonds. Le soir, il montait le volume de sa chaîne hi-fi et ouvrait grand les fenêtres. Le raï de Cheb Hasni était encore plus émouvant sur fond des hurlements de son frère.

Après dix années d'études poussives, le cadet de la famille venait d'obtenir son diplôme d'avocat. Mima espérait – non, elle en était sûre – que ce changement apaiserait les âmes. Toutes ! Pas seulement celle de Brahim. Celle de Zyneb, aussi, que Mima entendait parfois – les cloisons étaient fines – critiquer son beau-frère.

Il ne fallait pas être dur avec son dernier. C'était lui qui se trouvait sur le siège passager le jour de l'accident. Facile de critiquer quand on n'avait pas vu pendre un morceau gluant du cerveau de son père. Traumatisme. Le mot avait été lancé comme une bille par le médecin et il avait roulé sur les langues de la famille. Il expliquait tout. Les accès de colère. Le coup de poing qui avait fait valdinguer Brahim contre le mur du cimetière le jour de l'enterrement. Le mutisme de Hicham (il lui était arrivé de ne pas ouvrir la bouche pendant plus d'une semaine). Ses échecs. Bref, un terme médical fort pratique pour éviter d'évoquer certains détails, comme le mollet encore tiède de son père quand il l'avait tâté dans la voiture.

Qu'importe, Hicham était parti dans le désert pour oublier. Il n'était pas un lâche, lui, un fils à papa comme son frère qui, grâce aux contacts de Si Smaïl, avait échappé aux deux années obligatoires de service militaire. Au milieu du mois d'août, une enveloppe était arrivée et Hicham était parti avec un énorme sac de provisions remis par sa mère.

Béchar. Il fallait descendre très bas le doigt sur la carte. Plus de mille kilomètres au sud-ouest d'Alger. Le désert, le vrai, dans une caserne sans eau courante. Une citerne unique, tapée par le soleil du Sahara, prodiguant des douches qui ébouillantaient les peaux. Soyez malins. Pensez à remplir votre bouteille à la nuit tombée si vous voulez avoir une chance de laper quelques gorgées fraîches au petit matin. Quelque chose dans cette dureté avait apaisé Hicham. Il avait aimé récurer, nettoyer les murs des chambres imbibés de pisse, asperger de produits chimiques les matelas ensanglantés par les punaises. Flyx-Tox, un tueur d'insectes qui irritait les yeux et la gorge pendant des semaines. Fly-Tox tue tout, cafards, punaises et votre bonne femme avec si vous voulez. Hicham riait, même s'il trouvait la plaisanterie cruelle. Chaque soir, à l'extinction des feux, il revoyait le cadavre de son père étreignant le volant.

Deux ans plus tard, il était rentré transformé. La vie militaire lui avait aspiré les joues et gonflé les bras. Cette métamorphose physique en cachait une plus profonde. Il avait rencontré Dieu dans cette fournaise. Non pas qu'il soit absent de la maison des Bensaïd. On prononçait son nom plusieurs fois par jour – en général pour se lamenter ou pour remettre à plus tard une corvée – et tout le monde jeûnait une journée durant Ramadan. Personne ne priait cependant. Et si certains avaient appelé, dans ses vieux jours, Si Smaïl hadj, c'était pour faire honneur à la blancheur de ses cheveux. Tout le monde savait que ses vœux se dirigeaient moins vers La Mecque que vers son buffet, un meuble en bois rongé par les vers abandonné par les anciens propriétaires pieds-noirs. Ses rêves enfouis, ses remords, dont le dard s'était au fil du temps émoussé, ainsi que quelques regrets tardifs, miroitaient là, bien au frais, emprisonnés dans des bouteilles d'eau-de-vie et de whisky écossais.

Le portail trembla. C'était lui ! Mima en était convaincue. Elle reconnaissait le pas saccadé de son fils à travers le jardin. Elle courut en retenant son souffle. Elle dévala les escaliers sans s'accrocher à la rampe, relevant de sa main potelée sa longue robe d'intérieur. Le soleil fit luire ses genoux graisseux. Trop tard. Hicham avait déjà claqué sa porte en bois. *Ouldi ?* comme elle l'appelait depuis qu'il était tout petit. Hicham ne répondit pas. Qu'à cela ne tienne. Elle appartenait à la race des mères obstinées, celles qui n'ont pas besoin d'être bien accueillies pour aimer. Elle se mit à balayer le sol. Toutes ces aiguilles de pin épuisantes ! L'incessant reflux nocturne de la forêt. Des épines sur lesquelles se blesserait la plante molle d'un enfant si seulement sa belle-fille se décidait enfin à mettre son ventre à contribution. Pour la famille ! Deux, un minimum chez les couples qui vont bien. La vieille dame entendit le jet de la douche s'actionner puis un grognement qui la fit sourire. L'eau s'était tarie, mais elle avait pensé à tout. Elle était entrée chez son fils tout à l'heure et avait déposé une grande bassine pleine. Une bourrasque emporta son fichu. Il tomba dans les aiguilles. Mima le ramassa et, sans les retirer, se recoiffa.

— Tu te mets à l'acupuncture, *yemma* ?

Hicham la narguait d'une torsion espiègle de la lèvre. Elle aurait pu le pincer. Au lieu de quoi elle montra ses fausses dents minuscules et brillantes comme des écailles de tortue avant de se jeter dans ses bras. *Ouldi*, *ouldi*, *ouldi*, répétait-elle en le tâtant, en le scrutant de son œil de mère omnipotente. Mais qu'était-ce ? Ce sang qui perlait à la pointe effilée du menton ? Le rasoir, *yemma*, la gronda-t-il. Elle le serra si fort contre sa poitrine qu'il se laissa aller. Un klaxon les fit sursauter et Hicham se dégagea. Et le déjeuner de fête de ton frère ? Les bras de Mima retombèrent lentement, conservant la forme de leur étreinte. Il l'embrassa sur le front : Je serai là. Au moment où il enjambait le seuil métallique, il heurta Brahim qui siffla :

— Tiens, un revenant !

Hicham le repoussa pour sortir. Dehors, il fit signe à l'homme qui l'attendait dans la voiture garée plus bas.

Lunettes rondes, regard fuyant, qamis et barbichette : Brahim n'aimait pas la dégaine de l'ami de son frère. Il ne daigna pas répondre à son salut et détourna la tête avant de s'enquérir de la présence de Hicham à midi.

— Bien sûr, pour t'acclamer.

Brahim claqua le portail.

— *Smahli* Zoheir, s'excusa Hicham en s'asseyant sur le siège passager, mon frère se croit au-dessus des gens.

— Au-dessus des Algériens.

Le barbu démarra.

Selma se soulevait puis retombait souplement sur sa selle, au rythme du trot nerveux de sa jument. Hind était une pur-sang arabe magnifique. Son front bombé arborait une demi-lune blanche. Ses naseaux étaient si délicats, leur peau si fine qu'elle aurait pu se déchirer au passage de l'air. Selma veillait à garder une tension juste et constante dans les rênes : ni trop courtes pour ne pas irriter la bouche sensible de la jument, ni trop lâches pour qu'elle ne l'embarque pas au galop. Hind était imprévisible. Elle était trop jeune pour que son propriétaire, un quadragénaire corpulent, la débourrât lui-même, au risque de lui creuser irrémédiablement le dos. Alors il avait confié son dressage à l'enfant douée du club. Après des semaines de reprises, la jument refusait encore de se placer correctement. Elle ne cédait pas un centimètre de son port de tête altier ni de son encolure courbée trop haut. La jeune fille guettait le moindre signe d'emballement.

— Selma, fixe tes mains. Tu vas l'énerver !

Elle enfouit ses poignets au milieu des crins soyeux. Ouahib, son entraîneur, les regardait évoluer dans la carrière, le visage crispé. Comme si Hind avait besoin de quiconque pour s'embraser ! Les oreilles de l'animal s'agitèrent. Elle s'inquiétait de tout, du chant flûté d'un oiseau sur une branche, de deux chiens jouant à se mordre la queue. Une pouliche ! Voilà ce qu'elle était. Une vraie gamine dans la cour des équidés. Sa robe noisette frémit. Selma se retourna. Prince ! L'étalon d'un des jumeaux Hafani avait encore collé son nez à sa croupe.

— Retiens-le ! ordonna-t-elle au garçon de trois ans son aîné.

Elle détestait les Hafani. Pas seulement pour leur snobisme ou leur arrogance, mais parce qu'ils étaient des cavaliers désastreux. Mauvais par mépris pour les bêtes qu'ils montaient, persuadés de manipuler entre leurs cuisses de purs instruments de leur virilité. La preuve que le dédain rendait idiot. Leurs fesses replètes, moulées par des culottes d'équitation hors de prix, tapaient si violemment la selle que Selma les imaginait, le soir, massant longuement leurs hématomes avec de l'arnica. Ils montaient comme des gougnafiers, sans assiette ni doigté, sans sentir leurs chevaux, Prince et Osiris, deux demi-sang excellemment dressés. Afin d'accrocher des médailles à leur torse adipeux, les deux garçons n'avaient qu'une chose à faire : se cramponner.

L'échauffement prit fin. Ouahib installa le premier obstacle de l'autre côté de la piste. Il plaça la barre bas, à soixante centimètres au-dessus du sol. Sauter au petit galop puis repartir au trot après l'obstacle : la consigne était simple, mais l'entraîneur exigeait que la position soit impeccable. Il voulait un bel équilibre, en suspension sur les étriers, des mains lestes pour accompagner l'étirement de l'encolure puis retrouver leur place devant le pommeau, un buste d'airain qui dialogue avec le ciel, tout comme les yeux, rivés au loin. Ne fixez pas l'obstacle ! Sinon vous tomberez. On finit toujours par suivre la direction de ses regards. Encore ! Prince se pressait à nouveau contre l'arrière-train de Hind. La jument rabattit les oreilles, banda ses muscles ciselés. Selma la retint. Oh là. Tout doux. Elle laissa passer les jumeaux. Le genre d'êtres humains avec lesquels il ne servait à rien de parlementer. La respiration de Hind s'apaisa. Leur tour vint. L'appréhension raidit les chevilles de Selma, engourdit ses doigts sur les rênes. C'était seulement la troisième fois qu'elle la faisait sauter. La jument pouvait se dérober. Piler au dernier moment face à l'obstacle. D'une pression de mollets, elle la lança au petit galop. Si doux. Molletonné. La barre n'était plus qu'à une foulée. Un coup de talon et Hind décolla, s'élevant un peu maladroitement dans les airs, les antérieurs tordus vers la droite, trop haut. Elle retomba agilement sur le sable.

— C'est bien ça, Selma !

À chaque tour, la barre montait et la jument, de plus en plus essoufflée, réussissait l'exercice. Ouahib installa un deuxième obstacle. Il fallait régler l'allure comme du papier à musique. Interdiction d'exécuter plus d'une foulée entre les deux. Hind franchit l'ensemble sans effort mais, à la réception, Selma peina à la ramener au trot. La jument voulait courir. Elle tirait sur les rênes.

— Des cercles, Selma ! Fais-la tourner sur elle-même.

Selma tira de toutes ses forces sur la rêne droite et la raccourcit progressivement, obligeant Hind à rétrécir le diamètre de ses voltes. La jument ralentit. Selma ne reprit sa respiration qu'à l'arrêt complet de l'animal.

— Bravo.

Ouahib reposa sa casquette sur son crâne chauve et ruisselant. Il les engagea à repartir sur un nouveau parcours. Déjà ? Les jumeaux Hafani se remirent en marche. Selma aurait voulu attendre. Laisser la sueur sécher sur son protège-cou. Reprendre Hind en main, la travailler quelques minutes sur le plat. Réassurer leur lien. Mais derrière elle, Prince trépignait. Double-moi puisque tu es si pressé, s'apprêtait-elle à crier quand elle vit, nonchalamment accoudé à la barrière, Adel avachi, la tempe appuyée sur un rondin de bois. Son visage, d'un teint mat net dans la lumière voilée de ce midi d'octobre, affichait un ennui profond. Sous les pointillés de poils drus, ses lèvres rose pâle tremblèrent en retenant un bâillement. Il n'y avait de vigueur que dans ses yeux. Tourmentés, violents. Les parents d'Adel étaient trop pauvres pour lui offrir des leçons d'équitation. L'observation avait été sa seule école. Il avait scruté les bonnes postures sur la selle, analysé les mouvements de bassin et de jambes des plus accomplis. Il ignorait comment changer de pied au galop ou dessiner des serpentines parfaites mais à quoi bon ? Seule l'obéissance l'intéressait. Obliger l'animal à se rendre. Transformer les chevaux les plus rétifs en agneaux. Il maîtrisait les étalons réputés dangereux. Ceux que les autres cavaliers craignaient de se voir attribuer en début de reprise. Ceux qui se cabraient et prenaient le mors aux dents dans les bois. Ceux qui bottaient dès qu'un souffle d'air leur chatouillait la croupe, qui mordaient quand on les sanglait, ruaient dans leur stalle. Entre les doigts d'Adel, les rênes se transformaient en fils de soie. Il savait faire piler net un cheval lancé au triple galop puis le relancer d'une simple pression des jambes. Adel ne tombait jamais. On le surnommait la Tique, *al qarad*, du nom de ces petites bêtes que les cavaliers trouvaient gonflées de leur propre sang au creux de leurs bras en rentrant de balade. Zyneb avait poussé des cris horrifiés le jour où elle en avait trouvé une vissée sur le cuir chevelu de Selma. Ne surtout pas l'arracher. Ne surtout pas l'endormir avec de l'éther. Brahim l'avait délicatement retirée, en la faisant pivoter avec une pince à épiler. Il avait ensuite vérifié chaque matin et chaque soir, faisant mine de la caresser, l'absence d'érythème à l'endroit de la morsure.

Les week-ends, Adel emmenait les groupes en promenade. Les filles s'amourachaient. Selma le remarquait à leurs regards incontrôlés, à leurs joues qui rosissaient bêtement. D'une œillade, d'un sourire enjôleur, Adel les conquérait. Il était devenu spécialiste des baisers au milieu des fougères, des retours de balade avec des brindilles plein les cheveux, entouré d'un mystère que Selma essayait de percer des yeux. Lui, ne lui accordait jamais un regard. Elle n'avait ni hanches ni seins. Elle n'était qu'une gamine.

Adel était entré au club comme palefrenier à l'âge de treize ans. Il reversait presque entièrement son salaire à sa famille avec laquelle il vivait non loin, à deux kilomètres, dans le village de Sidi Youcef. Depuis trois ans, ses matinées étaient les mêmes : se lever à l'aube, changer la paille des box, remplir les mangeoires d'orge et d'eau les abreuvoirs. Rentrer chez lui après la tombée de la nuit en traversant une forêt dont il connaissait chaque branchage. Monter à l'œil faisait partie des avantages de son poste.

Le tour de Selma et de Hind arriva. Ouahib avait désormais installé un troisième obstacle hors piste. Il fallait l'aborder en angle droit après une demi-volte serrée à la réception du deuxième obstacle. Le bassin de Selma se raidit sur la selle. Elle craignait que la jument ne recommence. Qu'elle ne l'embarque à nouveau. Cela ne pouvait pas arriver. Pas devant Adel.

— *Aya!* s'impatienta Ouahib.

Hind bondit, partit à la hâte, dans un galop désordonné et sur le mauvais pied. Selma tenta de rectifier l'allure avant le tournant, mais la jument s'échauffa et secoua la tête en cherchant à se défaire de l'emprise de ses mains. La jeune fille n'avait plus le choix. Elle la laissa galoper librement. Devant le deuxième obstacle, la jument pila puis sauta, faisant perdre un étrier à sa cavalière. Selma gaina sa jambe droite, rassemblant fermement les rênes dans ses mains pour diriger Hind, un peu moins rétive, vers le dernier obstacle au milieu de la carrière. Hors de question de repasser au trot pour le rechausser. Elle finirait coûte que coûte le parcours au galop. Elle sentait les regards sur elle. Adel avait redressé la tête. Il verrait bien de quoi elle était capable. Qu'elle n'avait rien d'une gamine ni des pimbêches qu'il épatait dans les bois. Elle, elle avait du cran à revendre. Elle talonna. Elle guida Hind en arc de cercle jusqu'à l'obstacle, mais la jument sauta trop tôt de biais et percuta de plein fouet les deux barres aux rayures rouges et blanches. Selma fut jetée au sol. Elle eut à peine le temps de rouler en protégeant son visage de ses coudes que l'énorme corps de sa monture passa au-dessus d'elle. À l'atterrissage, un sabot lui écrasa la jambe.

Selma se tordit de douleur en silence sur le sable. Quand on raconta l'accident à Brahim, on s'accorda sur ce point : sa fille n'avait pas crié. Elle se serait laissé couper la jambe plutôt que de pousser un cri devant Adel. Et tandis que Ouahib poursuivait Hind dans la carrière, l'auréole de sang s'élargissait. Le mollet de Selma s'enfonçait dans le sol pourpre. Les contours autour d'elle devenaient confus. Pourquoi Prince avait-il tant de sabots ? Elle s'évanouit.

Impossible de s'approcher davantage de la mosquée As Sunna. Un policier leur indiqua une ruelle adjacente pentue. Pendant que Zoheir manœuvrait, Hicham ouvrait des yeux énormes, fasciné par la foule dense, silencieuse, formée exclusivement d'hommes qui s'amassaient autour de l'édifice. Tout ce monde venu prier à Bab El Oued ce vendredi ! La première prière de *jumu'ah* depuis le début des révoltes. Bientôt, il allait se fondre dans cette multitude de peaux moites et gluantes. Bientôt, il serait l'un d'eux.

Près de la porte, la plupart s'étaient assis en signe d'apaisement. Seul le prêche à venir importait. Le reste, les blindés au pied du minaret, le cordon d'uniformes bleus, les armes chargées de balles réelles, leur était indifférent. Du décor. Une anecdote sur le cours cahoteux de l'histoire. Hicham et Zoheir se frayèrent un chemin jusqu'à un petit espace de bitume où ils purent s'accroupir. À peine une semaine s'était écoulée depuis le début des révoltes et on comptait déjà les morts avec trois chiffres. Cette nuit, la police avait abattu des enfants. Des gamins dont tout le quartier avait ébouriffé les cheveux, pincé les joues, empli les petites mains avides de caramels. Ryad, douze ans, le fils du coiffeur. Fadel, quatorze ans, qui vendait du tabac à chiquer au coin de la rue. Et bien d'autres dont les mères hurlaient le prénom en ouvrant leurs volets sur les bris de vitrines et les carcasses de voitures fumantes.

Un murmure s'éleva. C'était lui ! Le jeune imam au visage émacié. Depuis quand se tenait-il devant l'immense porte sculptée ? Coiffé de sa chéchia blanche, Ali Belhadj les observa tranquillement. Il allait officier à la barbe de la police, avec un micro en sus pour que tout Bab El Oued l'entende. *La ilaha illa Allah*, Il n'y a de Dieu que Dieu, lança-t-il et la foule répéta en chœur : *La ilaha illa Allah*. Belhadj s'était gagné une réputation de rebelle, d'opposant au gouvernement. Car, comme Zoheir l'avait expliqué à Hicham, il y avait les imams d'État, les fonctionnaires, ceux qui appelaient à déposer cailloux et cocktails Molotov, à rentrer chez soi calmement pour s'agenouiller sur un tapis de prière et demander à Dieu de transformer les souffrances d'ici-bas en jouissances dans l'au-delà. Des spéculateurs, des hypocrites qui prétendaient que la faim, les appartements trop étroits, insalubres, les maladies de la misère, rapportaient profusion de *hassanates*, des points à la Bourse du paradis. Qu'en réalité les pauvres étaient riches, mais qu'ils ne le savaient pas. Et puis il y avait ceux qui refusaient de boursicoter. Les imams libres, sans salaire étatique. Ceux-là revendiquaient le droit des musulmans sur la terre, *fissa*. *La ilaha illa Allah*. Hicham s'égosilla sans s'apercevoir qu'il détonnait. Lui et sa voix de crécelle, sa chemisette en laine repassée avec tant d'abnégation par sa mère qu'elle tenait sur ses épaules comme sur un cintre. Son voisin tourna vers lui une paupière tressautante. Hicham lui sourit. Comme il aurait aimé poser sa main sur son épaule dans un geste fraternel. Mais il n'osa pas. Le pauvre homme avait peut-être perdu un frère, un cousin ou un ami d'enfance dans les rafles. Près de mille arrestations. Et combien de morts ? On ignorait leur nombre exact ainsi que le lieu où avaient été emmenés les centaines de prisonniers. Quant aux cadavres, ils n'avaient même pas pu être reconnus par les familles. Ce matin-là, l'hôpital Mustapha leur avait fermé la porte au nez. Rentrez chez vous. Ne faites pas d'histoires. Alors, puisque la loi des hommes débloquait, lui, Ali Belhadj revendiquait celle de Dieu. *La ilaha illa Allah.* Le droit pieux à se défendre. Allah a dit... Il leva un index de bronze. Garde un œil sur tes bagages et tes armes car tu risques d'être attaqué dans la nuit. *La ilaha illa Allah.* Et si les mécréants nous attaquent, nous avons le droit de nous défendre. *La ilaha illa Allah. La ilaha illa Allah.* La foule se redressa et chanta si fort que Hicham, qui ne voulait pas être en reste, en eut le tournis.

Belhadj parcourut de ses yeux écarquillés le parterre de jeunes hommes. Son corps maigre et raide flottait dans son qamis blanc. Ils nous ont pris nos enfants ! Après nous avoir volé notre pays ils nous volent nos enfants ! *La ilaha illa Allah.* Hicham frémit. L'imam frappait juste. *Ya serrakin !* renchérit un gamin dans la foule. On veut bien d'Ali Baba mais pas des quarante voleurs, reprit un autre. Quelques mines fatiguées esquissèrent un sourire. Belhadj arbora un air grave en s'inclinant devant eux. Oui, c'était lui, Ali qui de son sésame leur ouvrirait le cœur et les guiderait dans la foi. Le prêche prit un tour plus déterminé. Après la prière, ils iraient manifester devant les portes de l'hôpital Mustapha. Ils laissent les cadavres pourrir ! Ils ne les enterrent pas selon la loi de Dieu. Ce sont des mécréants ! *La ilaha illa Allah. La ilaha illa Allah. Kouffar*, tonna-t-il en levant les bras au ciel, rendez-nous nos fils ! *La ilaha illa Allah, la ilaha illa Allah, la ilaha illa Allah.* La foule de plus d'un millier d'hommes aux traits creusés, épuisés par les nuits d'émeute, s'électrisa. Ali Belhadj était pieux, jeune et rebelle. Il ne prononçait jamais un mot de français. Et surtout, il était le premier à mettre des mots, et des mots légitimes, sur les émeutes. Elles avaient commencé ici même, à Bab El Oued, quelques jours plus tôt, avant de s'étendre aux grandes villes du Nord. En cause : la hausse des prix et les pénuries et, pour les plus perspicaces, le système politique.

Zoheir serra le bras de Hicham. Son visage grassouillet, à moitié enseveli sous les poils de barbe, rayonnait. Hicham envia la plénitude de sa présence au sein du rassemblement. Lui commençait à se questionner. Belhadj n'était-il pas trop démagogue ? Ou était-ce sa condition de bourgeois occidentalisé qui le poussait à résister au discours de l'imam ? Il ne pouvait pas détacher ses yeux du jeune homme en qamis. Il lui sembla qu'il s'adressait à lui, à chacun d'eux et non à une foule anonyme. Comme avoir plus de certitudes devait être reposant ! Hicham aurait donné n'importe quoi pour se débarrasser de sa maladie de l'hésitation, comme l'appelait Brahim, de ses doutes compulsifs qui l'empêchaient de conserver un jugement ou un sentiment.

Le soleil perça brutalement les nuages. La peau du prêcheur, d'un brun plus foncé que celui des Algériens du Nord, se dora. La prière de *dhuhr* commença.

Charef Hakkar cogna son front contre le volant en cuir tressé de sa Mercedes. Ils n'arriveraient jamais à l'heure chez Brahim. Si seulement ils y arrivaient. Un barrage militaire les empêchait de passer avant la fin de la prière. Souad restait silencieuse à côté de lui, triturant son bâton de rouge à lèvres et son paquet de cigarettes. Personne n'osait klaxonner dans la rue Didouche Mourad.

— Je t'avais pourtant dit que je ne voulais pas y aller.

Charef releva son front rougi. Il rêvait ! N'était-ce pas elle qui avait assuré Brahim de leur présence par téléphone ? N'était-ce pas elle, encore, qui les avait retardés ce matin ? La veille, le président Chadli Bendjedid était apparu à la télévision pour conseiller aux Algérois de rester chez eux. Souad et son époux étaient convenus de maintenir leur engagement, mais de partir et de rentrer tôt. Les heurts avaient surtout lieu à la tombée de la nuit.

Souad avait pris un petit-déjeuner long. Elle s'était resservie deux fois du café puis avait voulu un thé à la menthe, un jus d'oranges pressées et plusieurs tartines. Elle avait ensuite pris un bain. À l'heure du départ, Charef était monté et l'avait trouvée dans une eau sans mousse, le visage recouvert d'argile. Que dire ? Il savait pourquoi sa femme retardait le moment de sortir. Il avait fait chauffer une serviette sur le radiateur et l'en avait enveloppée. Il posa une main rassurante sur son épaule. Chérie, *matkhafich*.

— Qui te dit que j'ai peur ?

Elle marqua une pause et ajouta, comme pour se justifier :

— Tu sais bien que j'ai horreur du centre-ville.

Certes, Souad avait toujours détesté cette zone bruyante et polluée d'Alger. Un endroit tout juste bon à être traversé de temps à autre, histoire de se laisser réveiller par son électricité avant de retrouver les hauteurs tranquilles d'El Biar. Mais ce jour-là était différent.

Les Hakkar vivaient dans un ancien palais ottoman réaménagé avec tout le confort moderne. Il avait fallu briser quelques carreaux de la magnifique faïence d'époque pour installer tous les appareils : télévision, chaîne hi-fi et climatiseurs dont les télécommandes fonctionnaient rarement. Les piles algériennes se déchargeant trop vite, il fallait attendre les voyages en France de Charef pour se réapprovisionner en Duracell. La salle de bains parentale possédait une cabine en bois chauffante et un bassin à jets massants. Charef admirait le soin que sa femme portait à son apparence. La précision du liseré blanc verni au bout de ses ongles. Le parfum délicat de ses cheveux et de sa peau. Mais il détestait attendre. Ne disposait-elle pas de journées entières durant la semaine pour user de ses limes, de ses huiles et de ses masques à l'argile ? N'avait-il pas engagé une bonne exprès, pour la délivrer des contraintes qui assujettissent tant d'autres femmes et les poussent à se négliger? Alors pourquoi lui imposer ses soins le week-end quand ils pouvaient enfin passer du temps tous les deux? S'il osait ouvrir la bouche, Souad répliquait : ne supportait-elle pas, elle, les dîners d'affaires qui s'éternisent, les parties de cartes nocturnes au milieu des bouteilles de whisky et des cendriers qu'elle devait vider elle-même pour sauver leurs tapis? Et que dire de ces jours longs qui la plongeaient dans une solitude comparable à une maladie? Un mariage était un troc de frustrations. Quand le comprendrait-il? Mais ce matin-là il n'avait rien dit par pitié. Les émeutes qui éclataient dans le nord du pays depuis près d'une semaine affolaient Souad.

Les enfants étaient assis sur la banquette arrière. Maya observait à la dérobée son grand frère, Yanis. Lui qui autrefois la faisait rire durant les trajets en voiture ne la regardait pas. Un casque de walkman couvrait ses oreilles. Ses yeux, grands ouverts, fixaient le vide. Maya écrasa son petit nez rond sur la vitre. Toutes ces boutiques dévastées! Papa! Notre restaurant de grillades préféré! Vandalisé. Est-ce la guerre? Mais non, *zinti*. C'est l'œuvre de la racaille. Elle vit un homme ramasser à la pelle de gros morceaux de verre. Un jeune garçon colla son visage à la vitre et fit sursauter Maya.

— Maya, tu arrêtes de donner des coups de pied?

Souad avait tant reculé son siège que sa fille devait se recroqueviller sur le sien. Elle avait des jambes si minuscules de toute façon. Cette enfant la faisait enrager à se maintenir si bas sous les courbes des carnets de santé. La gymnastique – elle l'avait lu et remarqué – était un sport qui bloquait la croissance. Mais Charef ne tenait jamais parole. Dès que Maya versait une larme, il la conduisait au gymnase.

Souad scruta ses lèvres dans le miroir du pare-soleil. Elle corrigea le tracé de son maquillage du bout du doigt. Charef eut une bouffée de jalousie. Qui voulait-elle encore séduire chez Brahim ? Il se massa les tempes.

C'est qu'il n'en revenait toujours pas. Lui, Charef le laid, Charef au visage si disgracieux que les enfants se moquaient de lui dans la rue. Charef le gros, l'obèse qu'on appelait patapouf ou bibendum derrière son dos à la piscine, avait épousé une des femmes les plus courtisées de la ville. Bien sûr, sa richesse et sa renommée de grand chirurgien n'y étaient pas pour rien. Sur un coup de fil du ministre de la Santé – un vieil ami de son père –, il venait de rejoindre l'hôpital flambant neuf d'Aïn Naadja, un immense complexe militaire de cent vingt hectares inauguré par le président Chadli neuf mois plus tôt. Mais il savait que Souad aurait pu choisir meilleur parti encore s'il n'avait pas déployé toute cette énergie pour la conquérir. Sorties, fêtes, voyages, cadeaux et mots tendres constants : ce qu'elle aimait surtout, c'était être aimée par lui.

Il les voyait bien, lors des dîners, ces hommes influents, infidèles notoires, baiseurs compulsifs ou occasionnels, divorcés ou simplement malheureux en couple, la regarder avec une intensité lubrique. Souad en jouissait. Charef devait l'accepter s'il voulait la garder mais comment y arriver ? Dès qu'elle riait deux fois aux plaisanteries du même homme ou qu'elle échangeait avec lui un regard appuyé il bouillonnait. En général, il réussissait à se contenir jusqu'à leur retour à la maison où il explosait. Pelotonnés derrière la cloison, Maya et Yanis écoutaient la dispute. Charef finissait par descendre au salon pour se calmer et Maya se faufilait derrière lui dans les escaliers. Papa, ne pars pas. S'il te plaît. Le lendemain, un bouquet de fleurs ornait la table. Il ajoutait un bijou les fois où son fiel l'avait emporté trop loin. Charef s'évertuait à ne jamais laisser sa femme amère trop longtemps. Le moindre grief pourrait, un jour, peser dans la balance de leur séparation.

Souad râla. Elle venait de faire baver son rouge à lèvres. Tâchant de maîtriser les tremblements de sa main, elle essuya le coin de sa bouche avec un kleenex. Le mouchoir sale tomba sous le frein à main. Maya aurait voulu l'attraper pour le glisser dans son sac en perles – elle adorait ces marques pourpres égrainées par sa mère –, mais elle n'osa pas bouger.

La voiture qui les précédait recula et fit un demi-tour si brusque qu'elle manqua de les emboutir. Souad gémit.

— Rentrons, s'il te plaît.

Charef lui prit la main.

— Brahim compte sur nous. Nous ne nous attarderons pas.

— Maya, tes pieds ! s'écria Souad.

La petite replia ses jambes contre son torse. Dehors, un spectacle la fascinait : dix policiers en civil menottaient un groupe de tagueurs. Ils venaient d'inscrire sur la façade d'une agence de voyages : « des avions pour tous ou pas d'avion du tout ». Charef rit.

— Ça t'amuse ? C'est la haine de la richesse. La haine de la beauté. Ils ont même saccagé le Makam dans la nuit.

Personne n'appelait jamais le centre commercial de Riadh El Feth par son nom. On recourait à celui du monument qui le jouxtait, le Makam Echahid, haut de quatre-vingt-douze mètres, dédié aux martyrs de l'indépendance. Ses trois gigantesques feuilles de palmier grises surplombaient la baie d'Alger. Une énorme peau de banane en béton, pensait Maya, qui ne savait pas si elle aimait cet édifice atypique dans le paysage urbain. Elle se fichait bien que chaque feuille symbolise une phase de l'histoire de l'Algérie : la résistance à la colonisation, l'indépendance et ce qui venait après, l'avenir. Le barrage militaire s'ouvrit, mais seules quelques voitures purent circuler. Souad se gratta la peau de la main et alluma une cigarette.

— Ce pays m'épuise.

La fumée fit tousser Maya. À cause des heurts, il était interdit d'ouvrir la fenêtre.

Mima affirmerait plus tard qu'elle le savait. Qu'elle avait senti son cœur de mère se pincer. Je le savais, je le sentais. Je n'ai rien dit pour ne pas gâcher la fête.

Les invités affluaient. Collègues, amis d'université et d'enfance de Brahim poussaient le portail en s'exclamant : Où est-il ? *Arouah* que je t'embrasse ! À la traditionnelle consigne de venir les mains vides, la réponse avait été tout aussi traditionnelle : des contributions excessives. Mima et Zyneb ne savaient plus où entreposer toutes ces bouteilles de soda – d'importation ou gazouzes locales – de jus, de lait caillé, de vin et de whisky, ni où déballer ces salades et ces soufflés apéritifs qu'il fallait pourtant bien servir. Ceux qui avaient eu connaissance du projet de grillades avaient en plus apporté de la viande ou du poisson cru. Il y avait de tout. Du moins de tout ce dont raffolait Selma : foie de veau violet découpé en dés minuscules, merguez entières sur la broche, épicées mais pas piquantes – ajouterait du *har* qui voudrait –, blancs de poulet piqués de morceaux de poivron, crevettes d'un rose foncé presque rouge, médaillons d'espadon veinés. Elle ne boudait que les sardines. Puantes. L'odeur exacte du museau de Mistinguet, leur chat, ce jour pluvieux où, rentré d'une incursion dans les poubelles, il était venu lui lécher la joue.

La sonnette mécanique chevrotait. Les adultes ordonnaient à Selma de courir, vite, de traverser le jardin pour aller ouvrir. Avaient-ils oublié son accident ? Et le bandage énorme doublant son mollet, ce tissu râpeux qui gonflait la toile de son jean et ajoutait du ridicule à sa démarche boiteuse ? Elle s'acquittait pourtant de sa tâche avec zèle. Que n'aurait-elle fait pour les yeux de Mima ! Deux cornées jaunissantes qui l'imploraient. Vite ! C'est peut-être ton oncle. C'est sûrement *aamek*. Selma trottinait en grimaçant. La douleur lui cisaillait la jambe jusqu'à la hanche. Elle ouvrait le portail, haletante. *Aami ?* Comme elle avait hâte de retrouver la mine narquoise de son oncle, ses sarcasmes, ses moqueries à l'égard de cette assemblée arrogante qui, lui expliquerait-il encore, ne savait même pas rêver grand.

En matière de bonheur individuel, il fallait avouer que les amis de Brahim excellaient. Constructions de villas luxueuses, promotions à des postes de direction dans les banques, les entreprises nationales, la haute fonction publique, des enfants éduqués qui s'efforçaient, par leurs bonnes notes à l'école ou leurs prouesses en sport, de tendre un miroir aimable à leurs parents. Tous avançaient dans la vie sans tourment ni scrupules, piétinant avec insouciance le tapis qui se déroulait devant eux. Selma déverrouillait la porte. Bonjour. Entrez. *Marhaba*. Ce n'était jamais son oncle.

Les invités rejoignaient le reste du groupe à l'arrière de la maison. Ils bavardaient. Ils écrasaient de leurs semelles les pourritures de figues tardives. L'odeur de résine pinçait une narine, interrompait un instant un propos volubile. Brahim aimantait tous les regards. *Aya*, Brahim, lâche ça ! Ne déconne pas, on s'en occupe. Ses amis tentaient en vain de le déloger de sa place devant le barbecue en pierre encastré au mur du jardin. Non loin reposaient des branches de mandarinier et des sacs de ciment troués par les intempéries. À quoi bon cette manie des adultes de tout conserver ?

Brahim tenait à se charger lui-même de la cuisson de la viande. Souffler sur les braises ne l'empêchait pas de participer au badinage général, aux railleries tendres qui tissaient les liens de son groupe d'amis. Ils se charriaient. Ils s'appelaient par leurs surnoms d'oiseaux et de poissons. Le Mérou. Le Pic-mouche. Le Brochet. Ils riaient aux larmes en évoquant – encore ! – les épisodes qui avaient donné lieu à ces baptêmes. Brahim s'essuyait les yeux du dos de sa main noircie par le charbon. Les enfants tiraient sur les manches. On a faim. Mistinguet, appelé aussi l'Irlandais pour son pelage roux et ses yeux bleus, rôdait en miaulant autour de la table. Dès qu'elle l'apercevait, Mima le repoussait de sa mule. *Assab !* De temps à autre, la vieille dame s'éloignait du groupe, attentive à un moteur de voiture, à un éclat de voix dans la rue. Hicham avait oublié ses clefs. Elle les avait vues sur sa table de chevet lorsqu'elle était entrée chez lui ce matin. Maman, assieds-toi ! Repose-toi un peu ! Brahim s'imaginait que la perfection de sa fête était la seule préoccupation de sa mère. Qu'elle pensait à remplir la corbeille de pain du *matloua* dont la croûte de semoule dorait sur le gril. J'ai cru que... Mima fixa le visage taché de suie de son fils. J'ai cru que c'était ton frère, aurait-elle dit si elle n'avait craint de réveiller l'amertume de toujours. Elle le savait.

Dès que le jardin serait vide, Brahim s'emporterait. Il l'a fait exprès ! Pour me signifier son dédain. Parce qu'il sait que son absence est plus remarquable que sa présence. Il voudrait que le monde tourne autour de lui ! Un jaloux de nature. Un narcissique, un envieux qui ferait mieux de se remettre en question plutôt que de passer ses journées à pleurnicher dans tes jupons. Et toi, maman, que crois-tu ? Que tu l'aides en le couvant ? Tu devrais être plus dure. Papa l'aurait été. Son monologue était écrit en lettres rouges devant ses yeux.

Les braises palpitaient sous la grille en fonte. Elle était enfin uniformément chaude. Il fallait lancer la cuisson. Tout de suite ? N'attendons-nous pas ce bon vieux Charef ? Le Morse, quand même. Les bouches s'ouvrirent, gigantesques. Servons d'abord les enfants. Zyneb posa sur la table des assiettes de frites fraîches qu'elle saupoudra de romarin. L'appétit luisait entre les cils.

Mima s'effaça. Elle qui refusait habituellement de céder sa place de maîtresse de maison à sa belle-fille – n'avait-elle pas fait, elle, une école ménagère où elle avait appris à cuisiner selon la tradition, à présenter correctement un plat et une table, à servir les convives dans le bon ordre ? – aurait voulu à cet instant devenir invisible. Être libre de guetter l'arrivée de son fils. Elle gardait tout de même un œil sur les victuailles. Ces gloutons n'avaient pas intérêt à avaler la part de brochettes de Hicham. Parce qu'elle les connaissait, ces goinfres qui s'emplissaient sans faim, juste pour combler ce vide au fond d'eux. *Assab !* Mistinguet venait de chaparder un morceau de bœuf. *Assab !* Allez ouste ! Le chat lui lança le regard candide de celui qui a vu la nourriture atterrir par hasard entre ses dents. La sonnette ! Dring ! Dring ! Quelle nervosité ! Cette fois, Mima ne demanda rien à Selma. Elle savait. Elle sentait que c'était son fils. Elle bouscula les convives en s'excusant. *Smahli*, *samhili*. Elle hâta le pas. Ses pieds cornés glissaient sur la semelle de ses mules blanches. Elle se fichait de son voile qui se dénouait, de l'arthrose qui brûlait ses articulations. Elle trottinait, radieuse. Hicham avait tenu parole. Elle sentait sa présence électrique de l'autre côté du portail. Sa main dodue, tachée de son, pressa le bouton quand des larmes emplirent ses yeux. Ce n'était pas Hicham. C'était son neveu Charef. Il crut, à sa mine, qu'elle lui reprochait son retard. C'est à cause d'elle, *khalti !* s'emporta-t-il en désignant Souad et en le regrettant aussitôt. Sa femme entra derrière lui, affichant une moue enfantine. Elle tamponna d'un baiser pourpre le front de Mima avant de poursuivre sa route vers le fond du jardin. Maya et Yanis suivirent, étonnés de passer le seuil indemnes, sans pincement de joue ni caresse râpeuse sur la tête. À peine si Mima les avait vus. La vieille dame s'était penchée au-dehors. Rien. Seul le reflet des grands chênes sur les pare-brise. N'avait-elle pas senti la présence de son fils ?

Mima claqua le portail et s'en retourna d'un pas lent, en tâtant son ventre. Si seulement Si Smaïl était encore là.

Le soleil luisait. Enfin quelques rayons francs sur un grand morceau de ciel bleu. Les bas de Souad scintillèrent. Elle enserrait de ses doigts vernis une immense boîte en carton. Une nouvelle adresse venait d'ouvrir à l'ombre des arbres badigeonnés de chaux, sur le boulevard Bougara. Love At First Sight. Ne riez pas ! C'est le nom de la boutique. Laissez traîner un instant vos yeux sur la vitrine, mesdames, et vos meilleures résolutions partiront en fumée.

— Ou en gras sur les cuisses.

Souad toisa l'inconnue qui venait de parler. L'insolente, avec ce vert translucide – des lentilles ? – qui pétillait comme si le malheur du monde ne l'avait jamais effleurée. Souad la scruta : pas une ridule aux commissures. Quel âge avait-elle ? Vingt-cinq ans ? Probablement la nouvelle copine de Réda. Il avait un bagout irrésistible mais était-ce une raison pour céder à la facilité de la chair neuve ? S'il continuait, il finirait sa vie en se faisant changer les couches par une enfant. Souad la regarda encore et l'envie ourla ses lèvres. Elle détestait vieillir. Voir ses joues se creuser. Croiser dans le miroir ce sillon démoralisant autour de sa bouche. Tiens ! Elle mit le gâteau entre les mains de Zyneb. À conserver bien au frais et sans tarder. Souad gonfla ses poumons et sentit ses côtes s'écarter. Elle était la plus belle. Il le fallait. Elle pouvait d'ailleurs le vérifier d'un battement de cils. Elle parcourut de son œil aigri, ombré par les couches de rimmel, l'assemblée, couples et familles arrivés ensemble mais déjà réorganisés selon le principe de décantation habituel : les hommes autour du barbecue, les femmes près du buffet et les enfants assis à une petite table sous le néflier aux feuilles jaunes tombantes.

Selma en extirpa une de ses cheveux bouclés. Ils étaient si emmêlés que ses doigts s'y accrochèrent et la firent grimacer. Maya approcha. Elle portait deux tablettes géantes de Toblerone. Depuis qu'elle avait – par inadvertance, elle le jurait – lancé « sellouma » dans la classe, sa cousine l'évitait et ne répondait plus que par un haussement d'épaules ou une mine renfrognée à ses sourires enjôleurs, identiques à ceux de sa mère mais version dents de lait. Maya lui tendit son présent en découvrant son ventre bombé. Sa mère destinait ces tablettes à l'ensemble des enfants mais tant pis. Il y allait de l'union de leurs familles. De la paix entre les cousines. Ce chocolat suisse, introuvable en Algérie, était capable de miracles sur Selma.

— Pour toi !

Selma ne put résister. Elle se saisit des tablettes et les enfouit sous sa chaise. Merci. Elle baissa son visage joufflu vers son assiette de frites et de foie.

Souad errait au milieu des convives. Elle s'était écartée des yeux verts, du visage dont la jeunesse la rongeait et cherchait à attirer l'attention de Réda qui continuait à lui tourner le dos. Pourquoi vieillissait-elle ? À trente-cinq ans, on n'est pas censé être vieux. Pourquoi la peau de son décolleté s'était-elle fanée ? Le coin de ses yeux craquelé ? Elle envisagea d'aller s'isoler un instant en haut quand elle aperçut Brahim en plein combat avec une merguez enflammée. Le morceau de viande avait glissé sous la grille en fonte et se consumait dans son gras. Suant, penché au-dessus des barreaux encroûtés, il essayait de le retirer avec une pince métallique. Comme il avait relevé les manches de sa chemise, on voyait ses veines saillir sur ses bras. Souad posa sa main sur sa peau brûlante. Félicitations, mon cousin. La caresse le déstabilisa et la grille oscilla. Souad recula, terrifiée à l'idée d'être brûlée – n'avait-elle pas entendu parler de ces femmes marquées à jamais par le fer à repasser ? Elle érafla son poignet contre le barbecue. Elle ferma les paupières. Non. Ma belle cousine, ma très belle cousine. Brahim lui attrapa la main et Souad ne put retenir une larme. Enfin. Enfin un peu d'attention. Il la complimenta sur sa tenue, jupe et chemisier. Quelle élégance. Il aurait aimé que sa Zyneb s'apprête de temps à autre. Au lieu de cela, elle circulait entre les invités en robe d'intérieur. Ses couleurs vives rehaussaient, certes, les reflets cuivrés du henné dans ses cheveux, mais elle était trop longue et trop ample. Elle aurait au moins pu souligner sa taille d'une ceinture. Zyneb réapprovisionnait le buffet, rafraîchissait les bouteilles dans des glacières, vérifiait que chaque convive ait une assiette pleine, coupait la viande des enfants. Elle jouait à merveille son rôle de mère et d'hôtesse mais, et cela seul Brahim le remarquait, pour lui, elle n'avait jamais de geste tendre.

Le déjeuner se prolongea en goûter. Les thermos débordaient de café corsé et de thé à la menthe du jardin. Les filles allèrent jouer dans la chambre de Selma. Elles eurent le droit d'y emporter leurs gâteaux. Selma engloutit sa part du fraisier apporté par Souad. Les fruits roulèrent dans sa bouche, détachés de la génoise spongieuse. Elle lécha ses joues dodues et la crème remonta encore plus haut sur son visage. Les petites filles échangèrent des coups d'œil moqueurs. Elles étouffaient leurs rires de leurs mains gauches. Quelle sauvageonne, cette Sellouma ! Elle grimaça. Un reflux écœurant remonta de son œsophage. Elle préférait décidément, à ces pâtisseries chichiteuses, les gâteaux de sa grand-mère, cornes de gazelle, makrouts, *zlabia* ou *kalb el louz*. Ceux que Mima préparait agenouillée dans la cuisine sur un immense drap blanc. Ses favoris étaient les *kaaks*, pour leur saveur anisée et parce que leur anneau, facile à empoigner, permettait de les tremper dans le thé avant de les laisser s'effriter sur la langue.

Maya sortit sa pochette à manucure. Les petites filles s'ébahirent : minilime, bâtonnet pour repousser les pédoncules et trois couleurs de vernis différentes, dont un pailleté. Spécialement conçu pour les enfants. Il suffisait de gratter pour le retirer. Maya en fit la démonstration. Des copeaux bleutés se décollèrent de son index et s'incrustèrent sur le tapis en laine. Qui voulait ouvrir le bal ? Les petites se bousculèrent. Assise en tailleur devant une pile de *Cheval Magazine*, Maya les désignait. Elle avait beau s'appliquer, son pinceau débordait des ongles miniatures et entachait les chairs. Parfois, l'étalon du magazine recevait une pluie de paillettes sur les naseaux.

Selma enrageait. Elle n'appréciait pas qu'on peinturlure ses chevaux. Et encore moins l'odeur infecte du vernis dans sa chambre. Elle ouvrit la fenêtre en marmonnant.

— Selma, tu me déconcentres !

Maya venait de rayer de rouge deux doigts enfantins. Selma la regarda, décontenancée. Elle n'avait fait que pousser la vitre.

— Tu l'as fait brutalement !

Mais elle faisait bien ce qu'elle voulait ! Elle était dans sa chambre, non ? Pas dans le salon de beauté de mademoiselle ! Et si Maya ne savait pas vernir un ongle, ce n'était pas sa faute à elle. Mais sa cousine interrompit le flot ronchon de ses pensées.

— Allez, à ton tour !

— Non.

Le centre charnu de sa lèvre inférieure trembla. Les petites la fixaient. Ses joues s'empourprèrent.

— Je... je n'aime pas la sensation glacée du vernis.

Maya revissa son flacon en soupirant.

— Bon, montre-moi tes mains.

Selma recroquevilla ses doigts. Elle savait que le fiel était prêt à jaillir de ces petites bouches entrouvertes. Elle finit par poser ses paumes à plat sur le magazine. Ses ongles anguleux, coupés à la va-vite aux ciseaux, s'évasaient.

— Informes.

Maya sortit de sa trousse la lime minuscule. Le pouce légèrement tordu de Selma tressauta.

— Ne bouge pas !

Maya immobilisa le doigt rebelle et Selma ferma les yeux en essayant de maîtriser sa grimace. Elle détestait la sensation rugueuse du carton.

— Aïe !

Maya avait entaillé sa chair. Du sang ! Comment allait-elle tenir les rênes correctement ? Selma suça son pouce blessé tandis que les autres s'esclaffaient.

— *Drari*, soupira Maya en refermant sa trousse. Une vraie gamine. Bon courage à l'homme qui te sortira le doigt de la bouche.

Les cous des petites filles se tordirent. Elles imaginaient la bague de fiançailles de Selma glisser sur de la bave. C'était bien elle, Sellouma, celle dont le surnom avait circulé dans toutes les classes du collège. La gigasse incapable de passer un peigne dans ses cheveux sans qu'il se casse ni de brosser ses sourcils si touffus qu'ils ressemblaient à ceux de leurs grands frères. Et puis, regardez sa jambe gauche. Doublée par le bandage sous le jean. Difforme. Selma alla chercher un pansement. Quand elle referma le verrou de la salle de bains, elle s'observa un instant dans le miroir au-dessus du lavabo. Elle trouva son visage gros et masculin. Repoussante.

Le soleil drapé de nuages achevait sa descente. Les invités regardèrent leur montre avec anxiété. Le couvre-feu ne commençait qu'à vingt-deux heures, mais les émeutiers n'avaient pas de montre. Il ne fallait pas tarder. On sursauta. Un hélicoptère ! On scruta le bleu rosissant puis on sourit. Le bruit venait du salon où Mima, sourde comme un pot, regardait le journal télévisé fenêtres grandes ouvertes. Tout sera fait pour rétablir l'ordre ! La voix du général Khaled Nezzar résonnait si fort qu'on aurait pu le croire caché derrière un arbre du jardin. Allez, *maa salama !* Les invités prirent congé. Seul Charef resta. Il s'assit sous le grand figuier. Le parfum de résine lui rappelait les fins d'été de son enfance. Il désirait parler à son cousin. Entre hommes. Le crépuscule mâtinait les pierres de mauve et d'ocre. L'odeur du barbecue s'était entièrement dissipée. Les chardonnerets chantaient. Brahim leur servit un whisky.

— Tu pourrais offrir mieux que cela à ta famille.

Charef désigna de son double menton la façade encrassée beige-gris, le lierre sauvage qui dévorait la pierre, le toit aux tuiles cassées par les intempéries, les nids d'oiseaux, le jardin en friche. Brahim accepta sa cigarette en fuyant son regard. Il sentit Charef le sonder. Il savait bien ce qu'il lui proposait. Il n'ignorait pas qu'il triplait ses fins de mois en important de France, de manière plus ou moins légale, des médicaments. Il l'aimait, oui, il chérissait son cousin, mais il le méprisait aussi un peu de ce commerce. Le *trabendo* ne tuait-il pas l'industrie de leur pays ? Il fallait au contraire, défendait Brahim dès que l'alcool donnait du courage à ses idées, inciter à la production locale. Devenir autonomes. Et puis il n'avait pas une âme d'homme d'affaires. C'était ainsi. On ne changeait pas le bois dont on était fait. Il n'aimait pas compter, réclamer son dû, chercher le profit. Ce qui le passionnait, lui, Brahim Bensaïd, ce qui donnait du sens et de la chaleur à sa vie, se résumait en sept lettres : soigner. Soigner, réparer, rendre aux enfants leur sourire malicieux, voir le soulagement épanouir le visage des mères, recevoir leur gratitude sous forme de gâteaux au miel et aux amandes. Bien sûr, il aurait aimé gagner davantage. Acheter une citerne plus grande pour se doucher à l'eau courante même quand les coupures duraient une semaine. Il aurait voulu gâter sa mère. L'emmener au restaurant. Offrir à Zyneb des tenues affriolantes et de la lingerie fine qu'il aurait fait glisser sur ses cuisses. Et puis il y avait Selma. L'équitation coûtait cher. D'autant qu'un jour sa petite fille deviendrait étudiante. Anticipe, Brahim, tu ne vas pas la laisser gâcher ses chances en Algérie. Envoie-la en France. Charef avait aiguisé ses arguments. Certes, son nouveau salaire de chef de service permettrait quelques améliorations, mais elles ne suffiraient pas à une vie en devises de l'autre côté de la Méditerranée. Voulait-il continuer à faire vivoter sa famille dans une maison délabrée ? Même pour un médecin les temps étaient devenus difficiles. Quand l'accepterait-il ?

— Tu n'auras rien à faire. Juste à nous passer les commandes et à empocher ta commission.

Brahim se racla la gorge. Il prit une profonde inspiration et posa sa main large sur l'épaule de son cousin. Il ne voulait pas le blesser mais c'était non. Il ne tremperait pas dans ce genre de combines. Et il refusait de frayer avec des généraux corrompus.

— Entendu.

Charef décoinça son arrière-train de la chaise en plastique. D'une voix aigre, il héla Souad et Maya par la fenêtre. Brahim le raccompagna. Il regrettait son dernier commentaire qui était accusateur pour son cousin. Mais dès que le portail claqua, il gonfla la poitrine. Il était resté intègre. Son père serait fier de lui. Et Mima alors ! Vite ! Il devait lui annoncer qu'il avait résisté à la tentation de l'argent facile.

Il grimpa quatre à quatre les marches en albâtre et trouva sa mère, livide, le combiné du téléphone à la main. Mima vacilla. Brahim eut à peine le temps de bondir qu'elle se raccrocha in extremis au bord de la console. Maman ? Il la soutint par le dos. Dans un murmure étourdi, la vieille dame lui annonça :

— Ton frère vient de se faire arrêter.

Cet âne, ce *hamar* de Hicham ! Brahim allait et venait en chaussettes dans le salon de sa mère. Il n'y croyait pas. Il ne pouvait pas y croire. La rage le faisait bafouiller. Il glissa sur le carrelage usé. Se faire arrêter ! Se faire arrêter bon sang ! Un carreau de ciment oscilla dangereusement sous son talon. Mima, prostrée sur la banquette à côté de Zyneb, gémit. Un sourire narquois éclaira soudain le beau visage de Brahim. Il n'a pas pu s'en empêcher, n'est-ce pas, maman ? Elle leva craintivement les yeux. De quoi, mon fils ? Il n'a pas pu s'en empêcher, le jour où on le fêtait lui, Brahim ! Il pointa son torse d'un index frénétique, revendiquant son dû, sa journée, sa soirée, sa fête ! Et son imbécile de frère ne l'avait pas supporté. Il avait voulu attirer l'attention sur lui ! Mon fils, répéta Mima d'un ton plaintif, mon fils, s'il te plaît. Ce *hamar* ! Brahim tapa du pied et le carreau se brisa. Il secoua la tête. Tu l'as trop gâté. Ton dernier. Oui, elle l'admettait. C'était sa faute. Elle prenait sur elle tous les torts. *Ya Rabi*, punis-moi. Mais je t'en supplie, rends-moi mon fils. Zyneb eut pitié de sa belle-mère et lui prit la main. Ne vous accablez pas, Mima.

Hicham est comme ça. La vieille dame tourna vers elle un regard venimeux, prête à répliquer dès que sa belle-fille aurait précisé sa pensée. C'est… c'est un idéaliste, balbutia-t-elle. C'est un *hamar*, oui ! Brahim balança un bougeoir en verre à travers la pièce, un de ceux qu'on allumait pour la fête du Mouloud. Le sol se joncha de débris scintillants. *Ya ouldi*, ne marche pas dessus, je vais te chercher des chaussons. Brahim arrêta sa mère d'un geste brusque. Les fesses molles de Mima retombèrent sur la banquette. Il alla prendre ses mocassins à l'entrée du couloir puis revint, trouvant Mima les yeux révulsés, perdus sur les dessins géométriques du faux plafond. Elle joignit les mains en prière : *Yarham waldik.* Eh quoi, c'était à lui de réparer maintenant ? C'était encore lui qu'on appelait à la rescousse ! Lui que Hicham, quand il ne l'ignorait pas, provoquait à longueur de journée, lui qui devait s'humilier, se rendre redevable d'un puissant ? Les morceaux de verre craquaient sous ses semelles. Les deux femmes frémirent. Zyneb détestait les crises de colère de son mari. Elles lui donnaient envie de disparaître, de se fondre dans le tissu, de devenir un motif de plus du velours brodé de la banquette. Brahim s'immobilisa. Son visage boursouflé par la colère se dégonfla d'un coup. Ses yeux rougirent. Mon frère. *Khouïa.* Il fixa le bout de ses mocassins incrustés de verre et pleura.

Selma trempait ses mouillettes dans son œuf à la coque. Elle mangeait lentement, concentrée sur la conversation qui se déroulait à côté. Elle avait insisté pour ne pas dîner seule là-haut mais chez Mima. Quelque chose de grave était arrivé à son oncle et elle voulait savoir quoi. Elle en avait assez d'être écartée des événements importants. Que ses parents chuchotent ou qu'ils parlent subitement en arabe à son approche. Elle se tourna vers le portrait de Si Smaïl fixé au mur au-dessus d'elle, son djeddi dont elle n'avait que des souvenirs brumeux. Ses yeux plissés brillaient sous la toque en fourrure. La photo avait été prise lors d'un congrès de médecine en Azerbaïdjan. Elle adorait cette image de son grand-père au début de la soixantaine, au sommet de sa grâce et de son rayonnement. Selma tressaillit. Un fracas terrible venait de succéder aux cris de son père. Elle lâcha brusquement la mouillette. Le jaune d'œuf déborda sur la nappe. Flûte. Elle trempa sa serviette dans son verre, frotta mais ne fit qu'élargir la tache. Arrêté. Entendu, son oncle s'était fait arrêter. Mais elle ne comprenait pas pourquoi ce mot tourmentait tant sa grand-mère ni pourquoi son père entrait dans une rage si insensée. La police ne finirait-elle pas par le libérer ? Surtout s'il n'avait rien fait. Un oncle si gentil, si *hnin*, comme Mima ne cessait de le répéter. Il serait vite relâché, forcément. Selma ignorait encore les rumeurs. Elle n'avait pas entendu les récits des sévices. Les bouteilles enfoncées dans les anus, les visages plongés dans les cuvettes, les tabassages, les ordres de ramper nu sur un sol jonché de tessons. Les adultes avaient pris soin de ne jamais mentionner cela devant elle. Même pas en arabe dialectal, le *dardja* dont ils avaient usé durant des années pour l'écarter de leurs conversations. Selma étudiait désormais l'arabe littéral, le *fosha*, au collège, et pouvait mieux les comprendre. Ils avaient beau se taire devant elle, elle n'était pas stupide. Elle sentait que quelque chose de grave se passait dans le pays. Et quand elle entendit son père pleurer, sa respiration se bloqua.

— Papa, maman ?

Les trois adultes la fixèrent. Ses joues rondes et laiteuses, dernier vestige de son enfance, se couvrirent de taches roses. Sa lèvre inférieure trembla.

— Tonton Hicham va-t-il mourir ?

Zyneb se précipita vers elle. Mais non, *zina*. Ton oncle va bientôt rentrer à la maison. Le menton de Brahim frémit.

— Montons.

Zyneb se leva et entoura Selma de ses bras. En sortant, elles entendirent Brahim promettre :

— Je vais le faire, *yemma*. Je vais appeler Charef.

Zyneb versa du lait dans une casserole, ouvrit un paquet de semoule et une tablette de chocolat noir. Elle allait préparer à sa fille son dessert préféré, la semoule au chocolat. Elle la réconforterait grâce à ces saveurs régressives.

Pendant ce temps, Selma alla dans sa chambre et déroula le tapis de prière que son oncle lui avait offert. Le tissu vert soyeux lui chatouilla la plante des pieds. Elle attrapa une taie d'oreiller et, sans même penser à faire ses ablutions, la noua autour de sa tête. Elle commença à prier. *Bismillah Ar-rhamane Ar-rahim*. Au nom de Dieu le Clément, le Miséricordieux. Elle récita la Fatiha avec des trous. Elle avait presque tout oublié des leçons de Hicham. D'autant que le bruit du couteau qui brisait les carreaux de chocolat l'empêchait de se concentrer. Sa mère œuvrait sans relâche dans la pièce d'à côté. Allez, un petit effort de mémoire. Avec ces fragments, Dieu ne lui ramènerait jamais son oncle. Elle se souvint soudain d'une sourate très courte, « *An Nas* », « Les Hommes », dont elle récita d'un trait les six versets.

Dis : je cherche la protection du Seigneur des Hommes, Roi des Hommes… Chaque fois qu'elle se mettait à genoux ou qu'elle s'accroupissait en posant son front sur le sol, Selma imaginait le beau visage triangulaire de son oncle passer le pas de la porte.

Brahim enfonça son index longtemps dans le cadran en plastique du téléphone. Charef devait être rentré maintenant. Brahim s'efforça d'approfondir sa respiration, de prendre une voix assurée. Il refusait de montrer sa détresse à son cousin. Cette situation l'humiliait suffisamment. Il composa le premier chiffre quand sa colère éclata à nouveau. Cet imbécile de Hicham ! Brahim ne sentait pas, dans son dos, le regard anxieux de sa mère. Mima se tenait contre le mur du couloir, les orteils repliés comme des griffes sur la semelle de ses mules. Brahim finit de composer le numéro de son cousin tout en cherchant ses mots. Ce qu'il pouvait dire. Ce qu'il devait cacher. Charef ignorait les nouvelles fréquentations de Hicham. Sa lubie religieuse depuis son retour de l'armée. Avec un peu de chance, Brahim le trouverait accompagné du fils du ministre de la Police avec lequel il jouait souvent aux cartes. Charef, c'est moi… Si, je te jure. Oui, c'est une catastrophe. Il est à… à Bab El Oued. Oui, dans les locaux de la Direction générale de la sûreté nationale. Je sais que c'est mauvais signe. Brahim marqua une pause. Attends une seconde. Il s'apprêtait à redemander pour la troisième fois à sa mère si elle était sûre d'elle, si son frère était bien à la DGSN et pas dans un simple commissariat, quand il la vit se plier en deux et tenter de s'agripper au mur. Maman ? Brahim lâcha le combiné qui pendit au bout du fil. Brahim ?

Brahim ? répéta Charef. Le crâne de Mima venait de cogner le carrelage. À l'aide !

— Au sous-sol, mon fils. Ton frère est au sous-sol avec d'autres.

La vieille dame avait articulé du bout de ses lèvres desséchées, sans rouvrir les yeux. Brahim l'embrassa sur le front, puis, sans lui lâcher la main, étira son buste pour reprendre le combiné. Merci, Charef. Oui, elle va bien. Merci, du fond du cœur *ya sahbi*. Je te revaudrai ça. Oui, bien sûr. Tu peux compter sur moi. Je passerai les commandes de médicaments.

Quand Hicham rentra au petit matin son visage était couvert d'ecchymoses et son regard fuyant. Merci, marmonna-t-il à Brahim de sa bouche enflée. Il s'enferma chez lui.

Deux ans plus tard

1990

Selma n'avait pas grandi davantage mais elle commençait à remplir ses pantalons et à être gênée par ses seins quand elle montait à cheval. Dès qu'elle se lançait au trot, elle sentait deux boules de gras, des excroissances qu'elle masquait par des pulls amples et des épaules voûtées, rebondir douloureusement sous son vêtement.

C'est qu'il était peut-être temps. Temps de quoi, papa ? demanda la jeune fille en rangeant son sac d'équitation dans le coffre. Mais de porter une brassière. Ses oreilles s'empourprèrent. Le lendemain, dans la poussière d'une cabine d'essayage, sa mère lui crochetait son premier soutien-gorge. Les baleines en fer égratignèrent le pli encore tendre du sein. La douleur n'était-elle pas exquise après tout ? Une punition bien méritée pour les exubérances de sa chair.

Maya avait poussé de quinze centimètres en un été. Le jour de la rentrée, les élèves observèrent, bouche bée, cette silhouette nouvelle traverser la cour. Maya ! Stimulée par son effet, elle fit des bises lentes, d'une nonchalance travaillée. Ses cheveux platinés par deux mois de plage caressaient les joues. Ils avaient poussé et s'étaient raidis, s'étalant désormais en dégradé de la pointe du menton, encore enfantin, aux clavicules saillantes. Plusieurs garçons avaient eu en la voyant des érections molles, incontrôlables, qu'ils avaient tâché de dissimuler en croisant les jambes ou en sortant leur chemise de leur pantalon. Les filles avaient voulu savoir ce qu'elle avait fait des vêtements qui ne lui allaient plus.

Malgré son succès, Maya était restée proche de sa cousine. Rigolote, bavarde et avide de conversations téléphoniques. Elles passaient en revue tous leurs camarades de classe. Zyneb ne supportait pas d'entendre sa fille rire au lieu de faire ses devoirs. Maya n'avait pas son pareil pour remarquer les tics, dénicher les petits gestes discrets et honteux. Un doigt furtivement passé dans une narine. Un tortillement de fesses sur la chaise pour masquer un pet. Une paume contre laquelle on soufflait pour vérifier son haleine. Elles se racontaient tout, ou presque. Jure, Maya, jure que tu ne le répéteras à personne ! Pas même à tes parents. Surtout pas à tes parents. Selma lui avait confié que Hicham avait été torturé. Mais si c'est vrai. J'ai vu ses blessures. Par qui ? Mais par la police ! Ils ont fait de mon oncle de la chair à islamiste. C'est papa qui l'a dit. Ne le rapporte pas, Maya. Si tu parles, je t'étrangle. Te souviens-tu ? Quand nous étions petites et que tu m'avais poussée tout habillée dans ta piscine. Je t'avais serré la gorge à t'en faire perdre connaissance. Je recommencerai.

Hicham se présentait de plus en plus rarement à la table du dîner. Son rez-de-chaussée était devenu silencieux. Le raï, comme toute musique profane, en avait été banni.

Quelques jours après son retour à la maison, il reçut la visite de sa nièce. Selma avait été envoyée par le reste de la famille. À toi, il ouvrira, lui dit Mima en la poussant vers la porte. La jeune fille trouva son oncle en pyjama, des miettes de biscuits plein le ventre. Des poils de barbe avaient poussé sur les ecchymoses. Il sourit et les sécrétions au coin de ses yeux s'effritèrent. Entre, *omri*.

Il ouvrit la fenêtre puis, repoussant épluchures de mandarine et fascicules politiques, il lui fit de la place sur le canapé à côté de lui. Selma l'entoura de son bras neigeux, couvert d'un duvet noir fin. Son oncle attrapa sa main et ils restèrent ainsi longtemps sans dire un mot.

Qu'aurait-il pu lui raconter ? Quel épisode de cette nuit passée dans le sous-sol de la DGSN aurait-il pu donner lieu à un récit convenable pour une jeune fille ? Confesser qu'on l'avait forcé à boire l'urine mousseuse des soldats ? Mentionner la déchirure purulente à son anus qui le faisait mugir dès qu'il s'asseyait sur la cuvette ? Non, Hicham ne pouvait rien dire. D'ailleurs, personne ne lui avait posé de question. La sainte pudeur. La vertu qui laisse chacun souffrir dans son coin. Brahim lui avait tendu, il était vrai, plusieurs perches. Avait-il entendu parler du Comité national contre la torture que des avocats, médecins, journalistes et universitaires avaient monté afin de recueillir les témoignages des torturés ? Savait-il que des dizaines de plaintes avaient été déposées ? Hicham ne répondait jamais. Le sourcil de Brahim, levé haut sur son front, finissait toujours par retomber.

Un soir de novembre, Brahim descendit taper à sa porte. Il portait une bouteille de whisky. Comme au bon vieux temps. Hicham éclata d'un rire blessant, sarcastique. Mais que crois-tu ? Que je vais me saouler avec toi ? Brahim invoqua leurs beuveries adolescentes, les breuvages dérobés dans le buffet de Si Smaïl, sirotés en cachette, leurs doigts entrelacés quand ils refusaient, sous la pluie de coups de ceinture, d'avouer leur larcin.

La fureur étincela dans les yeux de Hicham. Sans desserrer ses mâchoires anguleuses, il siffla : Ne t'avise pas d'entrer chez moi avec ta boisson. L'alcool ne pénètre pas la demeure des croyants. Ce fut la dernière tentative de Brahim. Zyneb le trouva au petit matin endormi dans la véranda. Brahim ? chuchota-t-elle. Il hurla, encore ivre. Quelle épouse brutale ! Quel manque d'égards pour lui ! Zyneb retourna se glisser sous les draps en tremblant.

Depuis la promotion de son époux, Zyneb croulait sous les présents : colliers fantaisie aux couleurs tapageuses, pulls échancrés et sous-vêtements émoustillants qu'elle prenait toujours soin de porter dès le lendemain. Puis, après les avoir lavés à la main, elle les pliait, les rangeait au fond de son armoire et ne les ressortait qu'à la demande de Brahim. Il voulait montrer sa femme en société, qu'elle séduise, qu'elle avive des brasiers de jalousie pour qu'on l'envie, lui. Plus il devenait colérique, plus elle s'effaçait. Elle s'enfermait dans une politesse excessive qu'une oreille négligente pouvait prendre pour de la tendresse mais pas pour de l'amour.

Depuis qu'il était devenu si irascible, Brahim la dégoûtait. La nuit, quand son corps marécageux grimpait sur elle, Zyneb écartait les cuisses. Elle haletait tandis qu'il la pénétrait, comptant en silence les moutons jusqu'au râle final de son mari. Brahim retombait alors sur le matelas et ronflait. Les draps humides, dont Zyneb se défaisait d'un battement de jambes, exhalaient une odeur de beurre rance.

Se sentant délaissé et incompris par sa femme, Brahim avait décidé de ne plus quémander de marques d'amour. Il ne cherchait plus chez elle que du soulagement. Depuis qu'il avait pris la tête du service de pédiatrie, il travaillait dix heures par jour, parfois douze, et n'avait de repos que le vendredi. Un rien le mettait hors de lui. Un acte médical imprécisément exécuté. Une voiture stationnée au milieu de la route. Le manque de rigueur du secrétariat.

Ses affaires avec Charef allaient bon train. Brahim avait vite pris goût à ce pourcentage en devises. Il avait ouvert un compte bancaire dans une agence parisienne. Sa famille commandait désormais ses vêtements dans des catalogues de marques françaises qui s'amoncelaient, crayonnés et cornés, sur la table du salon. Selma avait reçu deux tenues d'équitation ajustées ainsi qu'un sac de pansage neuf comportant tous les ustensiles, étrille en caoutchouc, brosse dure et brosse douce, peigne, éponge et cure-pied. Son père lui avait même permis de commander ces bonbons à la pomme et à la carotte dont raffolaient les bêtes. La maison avait accueilli une seconde citerne, plus grande et faite d'un métal qui ne chauffait pas au soleil.

Brahim avait troqué ses Rym nationales contre des cigarettes d'importation. Des Marlboro sans goût de mazout, entrées en Algérie légalement, non pas celles qui passaient la frontière clandestinement dans des tonneaux de fioul. Il les achetait dans les boutiques des grands hôtels et les fumait jusqu'au filtre. Mima se lamentait quand elle retrouvait ses mégots : ils finiraient par lui tuer son fils.

Hicham avait fait de sa mère une vigie. Dès qu'elle entendait sonner chez son benjamin elle lâchait tout ce qu'elle tenait. La brosse spéciale pour les chaussures en daim, la pâte à tarte pétrie dans une bassine, les légumes qui crépitaient dans l'huile. Elle courait à la fenêtre, l'entrebâillait discrètement puis glissait dans l'ouverture son nez aux ailes creusées. Elle enregistrait tout. L'heure à laquelle Hicham sortait. Son habillement. S'il remplissait un peu mieux son pantalon. Qui l'attendait dans la voiture. Qui entrait chez lui. Mima n'aimait pas les visiteurs de son fils. *Bismillah* au portail, *bismillah* sur le palier, *bismillah* en dénudant leurs orteils. La foi n'est pas un cirque, grommelait-elle en retrouvant ses poivrons carbonisés dans la poêle.

Mistinguet, qui flairait la détresse de la vieille dame, s'était mis à devenir collant avec elle. Il se frottait sans cesse à ses mollets, sautait sur la table et ronronnait sous son nez. Mima le gâtait. Elle lui gardait le gras des côtelettes et les têtes de merlans frits qu'il déchiquetait en quelques secondes. Puis, le ventre repu, il partait chasser les mulots du jardin. Ses miaulements de grand chaton masquaient à peine sa nature de chasseur cruel. Il tuait par jeu. Il envoyait sa proie inerte dans les airs avant de s'en détourner. Il était pourtant si gentil avec elle, pensait Mima en l'observant par la fenêtre.

Elle se remettait vite à la tâche. Il y avait tant à faire. Malgré ses efforts, elle ne comprenait plus sa belle-fille. Que fabriquait-elle toute la journée enfermée dans sa chambre à laisser le chaos et la poussière envahir son appartement? La vieille dame devait cirer elle-même les chaussures de son fils et reprendre au fer le col de ses chemises. En plus d'être devenue fainéante, Zyneb se piquait désormais d'être experte en politique. Elle s'était découvert une passion pour la Ligue algérienne de défense des droits de l'homme et découpait tous les articles de journaux sur le sujet. Mima en avait assez de lire des quotidiens troués. Comme d'attendre que le ventre de Zyneb s'arrondisse. Selma venait de fêter ses quatorze ans et passait son temps libre au centre équestre ou dans sa chambre. La maison était devenue triste. Mima achetait des graines de nigelles, réputées fertilisantes, dont elle parsemait le pain avant de l'enfourner. Elle ne cachait pas son mécontentement quand Zyneb les retirait de la pointe du couteau.

— Selma ! Seeeeelmaaa !

La jeune fille vida précipitamment ses haricots verts dans la marmite. Des aliments au goût de gazon. La prenait-on pour une vache ? Les légumes doivent être charnus pour rivaliser avec la viande. Les artichauts, par exemple, avec leur cœur généreux. Ou les cardes, même s'ils sont fibreux et amers. Sa mère jeta un regard soupçonneux à son assiette vide.

— Ton père t'attend en bas. Tu le mets en retard.

Elle se risqua :

— Tu n'as pas encore remis tes haricots dans le plat ?

Selma s'enfuit en riant. *Stouta !* s'attendrit sa mère. Selma retrouva son père dans le jardin. Direction le centre équestre.

En ouvrant le portail, ils croisèrent deux hommes en qamis. Brahim les toisa. L'un d'eux exhiba un rectangle de plastique noir :

— Je vis pour elle, je meurs pour elle.

Brahim reconnut la carte du Front islamique du salut. Il l'avait vue brandie par des milliers de manifestants à la télévision. Depuis que la nouvelle Constitution avait autorisé le multipartisme, soixante-cinq organisations étaient apparues dans le pays. Mais le FIS et le Front des forces socialistes étaient les seules, en plus de l'historique FLN au pouvoir, à recueillir un nombre sérieux de suffrages. Les islamistes avaient fait une percée inattendue aux municipales. Ils avaient gagné Alger et Oran, les principales villes du pays. Le fils, le fils ! Un nom bien christique pour des islamistes. Selma écoutait la tension dans la voix des adultes lorsqu'ils prononçaient ce mot. Brahim détailla l'homme en qamis, remarqua son regard vaporeux sous ses très longs cils :

— Tu viendras me donner des leçons de religion quand tu auras arrêté de fumer du haschich.

La route goudronnée sinuait. Selma et son père avançaient dans la forêt. Ils dépassèrent les gargotes où les clients mangeaient à pleines dents leurs grillades. Ils n'avaient pas réussi à retenir leurs enfants à table. Ils les laissaient s'affronter, avec les pics à brochettes. Un bras étendu sur le dossier de leur chaise, ils cherchaient du bout du nez le soleil qui perçait déjà les feuillages.

Le goudron se transforma en terre et les pneus broyèrent des pommes de pin. La route n'en finissait pas de se resserrer. Des grappes de fleurs jaunes énormes, suspendues aux branches des chênes-lièges, s'écrasèrent sur la carrosserie. Brahim venait d'acquérir un des derniers modèles de Peugeot, une 605 vert émeraude aux options si modernes que même dans les embouteillages continus d'Alger elle restait agréable à conduire. Il ouvrit le tiroir du cendrier et y écrasa sa cigarette. Il abaissa toutes les vitres. Respire, Selma, respire. Elle rit. Elle ne comptait pas couper sa respiration. Mais respire profondément. Elle dilata ses narines et inspira une grande quantité d'air. Elle eut une sensation de menthe fraîche dans les poumons. L'essence des eucalyptus imprégna sa bouche, sa langue et l'entrée de sa gorge. Elle ferma les yeux.

— *Raqui raqda?* la réveilla son père.

Ils étaient arrivés. Brahim ne reviendrait qu'à dix-huit heures. Il promettait d'être à l'heure cette fois. Ces derniers temps, il venait la chercher très en retard, bien après le départ des autres cavaliers et la fermeture de la buvette. Selma l'attendait dans la paille, devisant avec ses chevaux. Un soir, Adel l'avait surprise dans son monologue et elle en avait eu honte. Depuis que ses hanches s'étaient élargies et que ses seins avaient gonflé, il avait changé d'attitude avec elle. Il lui décochait de longs sourires. Elle n'osait plus le regarder.

En avance sur l'heure de sa reprise, Selma alla trouver Ouahib pour savoir quel cheval elle devait préparer. Elle aimait panser et harnacher avec soin sa monture. Étriller vigoureusement les parties les plus charnues. Faire reluire la robe en passant la brosse dure à rebrousse-poil puis la brosse douce. Curer les sabots et frotter délicatement le triangle sensible sous les pieds.

Elle descendit le chemin de béton qui longeait les écuries. Une foule inhabituelle s'était amassée devant la carrière. Selma hâta le pas en grimaçant. Le soleil tapait. Ses courbatures de la veille la faisaient boiter, mais elle avait appris à ne pas donner voix à ces douleurs-là.

Une longue lanière en cuir tressé serpenta au-dessus des têtes. La chambrière siffla puis retomba en claquant. Les badauds sursautèrent. Selma, qui n'était plus très grande pour son âge – elle avait vu avec bonheur ses camarades de classe la dépasser –, se fraya un chemin jusqu'à la barrière. Adel, pieds nus, en tee-shirt et short de plage, talonnait un cheval bai inconnu. Les nouvelles têtes étaient pourtant rares au centre équestre. Les moyens manquaient. Même les rations d'orge s'amenuisaient ces temps-ci. Et si une acquisition était faite, c'était pour investir. Le club privilégiait les petits barbes résistants ou les demi-selles vainqueurs de médailles. Cet étalon corpulent, au poitrail et à l'arrière-train massifs, tranchait dans la cavalerie. Ses jointures et ses muscles étaient si épais qu'à coup sûr du cheval de trait coulait dans ses veines. Son chanfrein était laiteux jusqu'aux naseaux. Il buvait dans son blanc, selon l'expression que Selma avait apprise dans son manuel d'hippologie. Elle sentit un élan de tendresse soudain.

Le grand bai ne bougeait pas une oreille. Adel lui enfonça ses talons osseux dans les flancs, l'insulta. Avance, espèce de *hamar* ! L'animal resta parfaitement immobile. Sa robe acajou ne frémit même pas. Adel enrageait. Il détestait qu'on lui résiste. Il éleva son fouet encore plus haut. Qu'il crève les nuages s'il le faut ! Et il l'abattit sur la croupe. À gauche, puis à droite. Il lui cingla par deux fois la chair. Puis, constatant l'inutilité de ses coups, il renouvela l'opération. Encore et encore. Tu vas plier, vieille carne ! Le sang zébrait sa peau. Adel suait. Il le tabassait. Il serrait les dents, bandait ses muscles durcis par son travail de palefrenier ainsi que par les tractions réalisées à l'aube sur le parcours de santé de la forêt. Voilà. La croupe rougeoyait et gouttait sur le sable. Les parents, qui protégeaient leurs enfants du soleil au moyen d'une veste ou d'un magazine, les obligèrent à se cacher les yeux. Les petits doigts s'espacèrent discrètement.

Selma mâchait nerveusement son chewing-gum. Elle tira

plusieurs fois sur la visière de sa casquette, son remède le plus pratique contre les frisures. Adel finirait par tuer l'animal s'il ne cédait pas. Elle le savait. La frénésie avec laquelle il le frappait ne laissait aucun doute. Allez, juste un pas, murmura-t-elle. Un seul pour sauver ta peau. La tête laiteuse resta fixe et haute. L'étalon ne bougeait pas un sabot. On aurait cru qu'Adel était monté sur un cheval de cire. Allez. Un pas, je t'en supplie. Adel modifia soudain l'orientation de son fouet. Il lacéra le poitrail. Finalement, le cheval trembla.

Les spectateurs retinrent leur respiration. L'encolure s'affaissa lentement. Les naseaux crémeux se balancèrent et effleurèrent le sol. Un antérieur plia. La bête salivait. Elle bavait de douleur. D'un instant à l'autre elle allait s'écrouler sur le sable vermeil. Péniblement, le second antérieur suivit, puis un postérieur. Un palefrenier applaudit mais la plupart restèrent abrutis par le spectacle. Le cheval marchait enfin. Le palefrenier continua à applaudir et les autres finirent par le suivre. Selma toisait Adel. Elle observa les poils qui formaient des paquets ensanglantés sur ses jambes. Ce corps rêvé, ce corps fantasmé n'était-il donc que cela? Une machine à briser les caractères.

Brahim rebroussa chemin à travers la forêt puis il longea la mer jusqu'à l'hôpital. Il fredonnait. Ses doigts allègres tapotaient le volant en plastique neuf. Il se gara puis grimpa les marches quatre à quatre, fit tournoyer ses clefs autour de son index. N'avait-il pas désormais tout ce qu'il pouvait souhaiter ? Une famille qu'il faisait vivre dignement, des amis chers, un métier qui le passionnait.

— Vous voilà de retour, docteur.

Rabia, une jeune infirmière, avait forcé la douceur de sa voix. La tête glissée dans l'entrebâillement de la porte, elle souriait, découvrant ses gencives pulpeuses. L'uniforme d'été dénudait la peau ferme de ses bras. Brahim laissa tomber sa blouse sur le sol. Il battit un instant des paupières, puis il se baissa pour ramasser le vêtement. Rabia entra et referma la porte derrière elle.

— Rouvrez, Rabia.

La jeune femme s'exécuta en rougissant.

— C'est que... on ne sait plus où mettre les adolescents, docteur.

— Quels adolescents ?

— Ceux que les urgences nous envoient par dizaines depuis tout à l'heure !

Brahim sortit en évitant de la frôler. Effectivement, le couloir de pédiatrie était empli de jeunes garçons. Ils s'étaient assis par terre, adossés au mur du couloir. Leurs doigts maintenaient des bandages de fortune qui menaçaient de se défaire sous le poids du sang. Ils gémissaient.

— Que s'est-il passé ? demanda Brahim à l'un d'eux.

— Ils étaient débordés à l'hôpital Mustapha.

— Mais que vous est-il arrivé ?

Le garçon le regarda, stupéfait.

— Les policiers impies nous ont encore tiré dessus, docteur.

Ces dernières semaines, les tensions entre le FIS et le gouvernement avaient atteint un nouveau pic. Les deux têtes visibles du parti, le débonnaire et pragmatique Abassi Madani et le très ardent Ali Belhadj, s'accordaient pour une fois sur un même mot d'ordre : aller aux urnes. N'avaient-ils pas prouvé qu'ils pouvaient les remplir aux municipales ? Le peuple s'était manifesté en leur faveur une première fois, il fallait désormais le laisser choisir son Parlement et son président. N'était-ce pas là précisément le principe de leur démocratie ? L'Algérie indépendante n'avait connu que le FLN. Quarante ans de règne sans partage. Le gouvernement avait dû céder et convoquer de nouvelles élections. Mais quand il avait redéfini la carte électorale à son avantage, les islamistes avaient enragé. Ils nous prennent pour des imbéciles ! Des obscurantistes qu'ils peuvent manipuler ! Qu'à cela ne tienne : grève générale ! Leur démonstration de force avait estomaqué les habitants de la capitale. Des milliers d'hommes avaient défilé dans les rues.

Ils étaient habillés de manière surprenante : robes, claquettes et barbes longues ou encore vêtements militaires et turbans, avec des yeux cerclés de khôl. Étaient-ce des Algériens ou des étrangers ameutés par la crise en cours ? Certains arboraient les insignes du combat en Afghanistan. Il y avait aussi des jeunes gens dépourvus du sens du déguisement, vêtus de jean et de baskets. Tout ce monde occupa durant des jours et des nuits les places principales d'Alger. Les blessés et les morts s'accumulèrent. Les hôpitaux commencèrent à être surchargés.

Évacuez une chambre, ordonna Brahim. Celle que vous voudrez. Nous n'allons pas les opérer dans le couloir ! Il retira les balles sans anesthésiant. Les garçons hurlaient, invoquaient leur mère. Des enfants, pensa Brahim en nouant leurs bandages. Des gosses sur lesquels l'État avait tiré avec des armes de guerre.

Il arriva, ce soir-là, en retard au club.

Selma frappait nerveusement sa botte avec sa cravache. Pour la énième fois, Brahim faisait d'elle la risée des palefreniers, la Pénélope du parking vide où le soleil, quoique déclinant, brûlait l'arrondi de ses joues et son nez. Ce retard n'était-il pas une aubaine cependant ? Elle cessa d'agiter sa cravache et réfléchit. La voiture de Ouahib venait tout juste de disparaître. Elle pouvait librement lui désobéir et partir à la rencontre du cheval bai.

Elle ébouriffa ses cheveux trempés de sueur et, sans prendre la peine de les rattacher, se dirigea vers les écuries. Elle ignorait lequel des trois bâtiments abritait la bête interdite. Il est capable de te tuer. Sheïtane est différent, Selma. C'est un cheval cruel. Quel esprit nébuleux s'était donc emparé de Ouahib, si raisonnable habituellement ? Un animal ne peut pas être méchant. Il se défend, c'est tout. Et s'il a appartenu à un ivrogne qui le battait du matin au soir, quoi de plus normal qu'il se méfie à ce point des êtres humains ? La jeune cavalière n'avait rien répondu, mais la lueur indocile dans ses yeux n'avait pas échappé à son entraîneur.

Selma traversa la première écurie. Les bêtes étaient occupées à manger leur ration d'orge. Plusieurs d'entre elles rouspétèrent quand Selma les dérangea en se penchant au-dessus de la porte de leur box. Dans la deuxième écurie, le repas était déjà terminé. Les chevaux somnolaient debout, un postérieur replié, trace du qui-vive constant de leurs ancêtres qui devaient échapper aux prédateurs. À quoi rêvaient-ils ? Selma était certaine que ses montures possédaient une vie onirique. Elle le sentait à leur humeur trouble au réveil, à leur manière de s'enivrer d'une odeur en forêt. La lumière faiblissait à travers les lucarnes. L'ombre des jambes de Selma devint longue sur le sol. Où était donc cet étalon que le club réprouvait ? La porte de la troisième écurie avait été fermée. Selma l'ouvrit bruyamment. Quelques chevaux renâclèrent. Un seul box ne possédait pas de plaque. Sheïtane devait être là.

L'animal se tenait de dos. Selma pouvait voir sa croupe large bosselée par les croûtes. Il ne semblait pas remarquer sa présence. Somnolait-il ? Ou s'agissait-il d'une de ces ruses contre lesquelles Ouahib l'avait mise en garde, destinée à la laisser approcher pour lui asséner son sabot dans le ventre ? Elle décida de lui faire confiance. Elle s'adressa à lui d'une voix basse et calme, fit glisser le verrou. Elle entrebâilla la porte. Sheïtane ne réagissait toujours pas. Chercherait-il à s'enfuir si elle ouvrait davantage ? Elle augmenta l'ouverture, et le grincement des gonds fit tourner la tête du cheval vers elle. Il l'observait, l'encolure basse, le chanfrein et la bouche ensanglantés. Il avait dû lécher ses blessures. D'étranges reflets bleus animaient ses grands yeux noirs.

Sans quitter le seuil de la stalle, la jeune femme avança son bras droit, la main ouverte, la paume tournée vers le plafond. Hé là, toi. L'animal continuait à la regarder. Selma fit alors un pas en avant quand Sheïtane se braqua. Sa tête se dressa. Ses oreilles se couchèrent. Ses naseaux se dilatèrent en sifflant. Si tu approches davantage, je te tue. Mon espèce ne possède pas de loi pour me l'interdire. Selma courut de l'autre côté de la porte et la referma à la hâte, sans tirer le verrou. Elle et Sheïtane ne se quittaient pas des yeux. Comme il s'était déplacé, elle pouvait désormais voir les entailles qui purulaient à son flanc. Je vais te soigner, murmura-t-elle. Mais elle savait que l'animal ne la laisserait pas approcher. Elle eut alors une idée. Elle s'accroupit et fouilla dans son sac de sport. Tandis qu'elle trouvait son sachet de friandises, elle sentit un souffle chaud sur son crâne.

Ne bouge pas, s'intima-t-elle. Laisse-lui le choix de la morsure. Laisse-le te choisir. Les naseaux du cheval parcoururent l'arrière de sa tête jusqu'à sa nuque. Ses expirations faisaient gonfler ses cheveux. Selma resta longtemps immobile. Quand Sheïtane laissa pendre sa tête hors du box, près de son épaule, elle ouvrit délicatement le sachet et approcha sa main pleine près de la bouche du cheval. Ses lèvres musculeuses avancèrent le long des doigts de la jeune fille. Il attrapa une croquette brune. Selma sourit. Elle se retint de le caresser. Elle le laissa tout manger puis elle se leva. Il lui fallait un seau, une éponge et du savon. Son paquet de bonbons entier ne serait pas de trop.

Les semaines passèrent. Selma fuyait l'atmosphère suffocante de sa famille. Depuis que le premier tour des élections avait été reporté et que les militaires étaient à nouveau entrés dans Alger, les disputes entre Brahim et son frère, de nature politique – religieuse, selon Hicham, simples relents de l'enfance, selon Mima –, ne cessaient plus. Dès que Selma poussait la porte du box de Sheïtane, elle oubliait les cris et les mines moroses. La masse baie corpulente l'apaisait.

Elle avait étudié la meilleure manière de le soigner. Elle avait parcouru les rubriques santé des magazines équestres empilés sous la fenêtre de sa chambre et feuilleté les vieux manuels d'hippologie abandonnés aux mites de la sellerie. Raser le contour des plaies, les laver à l'eau savonneuse, appliquer des compresses désinfectantes puis pommader, masser jusqu'à l'absorption complète de la crème cicatrisante. L'étalon guérissait peu à peu. Son poil avait déjà retrouvé son éclat acajou. Sa crinière, taillée aux ciseaux, dégageait désormais l'arc puissant de son encolure. Ses naseaux étaient lustrés. Les jeunes palefreniers se moquaient. Selma, l'enfant chérie du club, l'espoir de son entraîneur, soudainement entichée d'un pataud, d'un cheval à l'ossature si lourde qu'elle le rendait inapte au saut d'obstacles. Une bête qui manquait irrémédiablement de sang. On attribuait Sheïtane aux cavaliers qui partaient en balade : son flegme assurait qu'il n'embarquerait pas.

Selma ne répondait plus aux sourires d'Adel. Elle s'évertuait à le tenir éloigné de l'animal. Mais les regards embrasés du jeune homme l'accompagnaient jusqu'au soir comme une écharde sous la peau.

Un matin, Adel s'approcha du cheval avec une brouette remplie de paille. Selma s'interposa.

— À partir de maintenant, c'est moi qui fais son box.

Elle lui arracha la fourche des mains. Adel l'observa ramasser le crottin avec un rictus méprisant. Qu'elle s'en occupe seule de sa carne mordeuse. Il espérait que la bête finirait par se comporter avec elle comme avec les autres. Que sa peau encore intacte de gamine serait bientôt entaillée à coups de dents. Sheïtane avait déjà attaqué plusieurs cavaliers. Il en avait attrapé une par les cheveux avant de recracher des touffes de cheveux bruns. Plusieurs parents influents s'étaient indignés dans le bureau de Ouahib. Selma défendait le cheval avec véhémence. Il n'était pas mauvais. La peur pouvait le rendre brutal, certes, mais il suffisait de le rassurer. Il suffisait de l'aimer.

Selma commença à mentir à ses parents. Elle s'enfermait dans sa chambre en prétextant des devoirs. Elle sautait par la fenêtre. Son corps mince et musclé glissait le long du néflier. Elle refermait sans bruit le portail métallique. Elle s'enfuyait à travers la forêt.

Elle obtint la permission de faire des joggings seule dans les bois. Dès qu'une dispute éclatait, ou que la morosité des Bensaïd devenait trop pesante, elle mettait ses baskets. La mousse des pierres était glissante, l'air brûlant dans ses poumons. Sa vue se brouillait jusqu'à ce qu'elle pousse, frissonnante, la porte du box de Sheïtane. Encore étourdie, elle lui passait le licou. Elle le promenait au pas. Elle parlait avec lui.

Hicham ne se présenta plus à la table du dîner. Sa chaise resta vide. Mima refusait que quiconque occupe le siège de son fils. C'était le sien, sa place parmi eux. Si Smaïl les observait depuis son cadre. Mima aurait juré que ses sourcils s'étaient froncés sur la photographie. Elle dénoyautait en silence les pruneaux du *ham ahlou* dans son assiette. Elle avait honte de ne pas réunir sa famille.

Elle ne laissait jamais son cadet s'endormir l'estomac vide. Elle lui réchauffait sa part qu'elle défendait âprement contre l'appétit de Brahim. Parfois, lorsqu'elle craignait une nouvelle confrontation avec son fils ou qu'elle se sentait trop fatiguée pour descendre, elle demandait à Selma de lui porter son repas. Brahim s'emportait. Avoir faim, voilà ce que méritait cet ingrat ! Deux jours sans les petits plats de sa mère et elle verrait : il remonterait, pénitent. Selma attendait l'issue de la querelle, debout entre son père et sa grand-mère. L'assiette lui brûlait les doigts. Mima finissait par la lui arracher pour la descendre elle-même. Ses lèvres desséchées se pinçaient. Hicham aussi avait le droit de manger.

Un soir, alors qu'elle repartait, son cadet lui attrapa le poignet.

— Ce n'est pas le FIS qui a tiré tout à l'heure.

Il serra fort.

— Sur les gens aux arrêts de bus, *yemma*, ce n'étaient pas des islamistes.

— Alors qui était-ce, mon fils ?

— La police !

Il s'agenouilla sur le canapé et enserra cette fois son poignet des deux mains.

— Des témoins ont vu les voitures des assassins rentrer dans un commissariat !

Les sourcils de Mima, un simple trait de crayon, ondulèrent sur son front.

— Puisses-tu ne pas dire vrai, mon fils.

Il lâcha son poignet et l'empoigna aux épaules.

— Il faut que tu me croies, *yemma* !

La vieille dame se dégagea lentement.

— Pourvu que la violence cesse, d'où qu'elle vienne. Et que tu reviennes à notre table.

Elle sortit. La lampe du jardin éclairait son poignet bleui.

— Je ne mange pas avec un voleur ! Tu sais comment il vit, cria Hicham depuis son fauteuil.

La vieille dame remonta les escaliers en secouant la tête. C'était grâce à l'argent de Brahim que Hicham mangeait à sa faim.

Depuis qu'il était bénévole à l'association Dar Al Islamiya, Hicham s'étonnait de ne plus souffrir de migraines. La récompense de Dieu, mon frère ! Hicham trouvait l'explication de son ami simpliste, mais il devait bien constater que, depuis qu'il aidait aux devoirs, arbitrait les conflits entre voisins et époux, il n'avait plus besoin de passer des heures dans le noir. Mon énergie doit bien aller quelque part, pensait-il. Si je ne la tourne pas vers les autres, elle se retourne contre moi.

— Non, Zoheir ! Raie son nom tout de suite !

— Frère, un enfant malade est un enfant malade. FIS ou pas FIS.

— Raie !

Hicham essaya d'attraper la feuille que son ami venait de mettre dans son dos, sans succès.

— Une *garantita* avec *har*, hurla le marchand de rue.

Hicham récupéra son flan aux pois chiches et y mordit à pleines dents. La sauce piquante lui picota les lèvres. Zoheir n'y comprenait rien. Brahim n'accepterait jamais de soigner gratuitement de jeunes islamistes. Il se laisserait peut-être avoir une fois ou deux, puis il les flanquerait à la porte. Ou peut-être même, qui sait, il les dénoncerait.

Les deux hommes rejoignirent l'attroupement qui s'était formé devant la porte de l'association. Ils portèrent la main à leur cœur pour saluer Malek, le directeur, également élu municipal islamiste. Hicham profita de cet instant d'inattention de Zoheir pour lui arracher le papier des mains. Il l'enfouit dans la poche de son jean. La *garantita* s'écrasa sur sa chemise.

— Il va falloir donner un qamis à notre ami!

Malek lui administra une tape dans le dos qui le fit tousser. Pour se distinguer des intellectuels, cadres et professeurs d'université qui rejoignaient le parti maintenant qu'il avait le vent en poupe, Malek entretenait la rudesse de ses manières avec un zèle agaçant. Il leva son avant-bras et sa manche glissa jusqu'au coude, découvrant une montre en métal épais.

— Après vous, mes frères.

La porte qui s'ouvrit était si basse qu'il fallait se courber pour la passer. Zoheir entra vite. Hicham n'eut pas le temps de lui dire au revoir. Il s'apprêtait à s'en aller, serrant au fond de sa poche la liste des médecins disposés à aider la oumma, quand Malek posa sa grande main sur son bras.

— Nous avons besoin de toi ce soir, mon frère.

Les yeux de Hicham brillèrent. Certes, il avait promis à sa mère de ne jamais participer à une réunion du FIS mais si la cause le réclamait? Il hésita. Malek ne lui facilitait pas la tâche : il le fixait en silence. C'est d'accord. Je viens. À peine passa-t-il la porte qu'il entendit résonner la voix de Brahim : Prends garde, ils arrêtent même de simples sympathisants.

L'école coranique As Sunna prêtait sa salle de classe au FIS pour ses réunions locales. Toutes les tables avaient été poussées au fond et les hommes qui s'étaient assis devant, sur des chaises d'écolier, ressemblaient à des géants. Quand il aperçut son ami, Zoheir fit un grand sourire. *Arouah!* héla-t-il en levant la main. Plusieurs regards se fixèrent sur le jeune Bensaïd. Je déteste quand il fait ça, pensa Hicham. Quand il manque de discrétion. Il le rejoignit et s'assit à côté de lui sur une table tachée d'encre. Ils étaient serrés l'un contre l'autre, un quart de fesse dans le vide. Hicham pouvait distinguer tous les poils qui poussaient arqués comme des cerceaux sur les ailes du nez de son camarade. Il sortit la feuille qu'il avait rangée dans sa poche, raya le nom de son frère jusqu'à le rendre illisible et la tendit à Zoheir.

— Il faut que tu cesses de ménager les impies, soupira-t-il en la reprenant.

Hicham n'eut pas le temps de répondre : Malek exigeait le silence. L'assemblée de gandouras et de qamis se tut. Seul un groupe de jeunes assis au premier rang continua à grommeler, contenant leur rage au prix de violents tressautements de paupières. Ce jour-là, la police avait arraché les banderoles « *baladiya islamiya* », « commune islamique », posées au fronton des mairies gagnées par le FIS. La direction du parti avait ordonné à chaque cellule de convoquer une réunion d'urgence afin de canaliser ses éléments les plus instables. Bab El Oued était une des zones les plus critiques.

Le débat éclata entre les partisans de l'apaisement et ceux d'une lutte armée immédiate. L'air commença à manquer dans la salle. Quand une mobylette pétarada et que les jeunes gens à l'avant coururent à la fenêtre, Hicham espéra qu'ils l'ouvriraient grand. Au lieu de cela, ils s'exclamèrent en montrant des mines réjouies :

— C'est lui !

On entendit des pas dans l'escalier. Le visage des jeunes gens rayonnait. Dans un instant, Malek le mou, Malek le bureaucrate frileux, allait en avoir pour son compte. Un radical, un vrai musulman arrivait. La porte s'ouvrit à la volée.

— *Salam alaykoum*

— *Alaykoum salam*, répondit la salle en chœur.

Ali Belhadj entra, distribuant poignées de main, tapes sur l'épaule et mots de sympathie en appelant ses interlocuteurs par leur prénom. Malek épongea sa moustache. Il fallait s'y attendre. L'arrivée d'un membre du *majlis ech-choura*, le conseil consultatif du FIS, le renvoyait à l'arrière-plan. Sans lui demander la permission, Belhadj monta sur l'estrade et observa la salle. Le silence se fit.

— Mes frères, commença-t-il, ce gouvernement vient de nous prouver qu'en plus d'être des assassins – nous comptons plus de cinq cents martyrs pour les seules journées des 4 et 5 juin –, d'être également des parjures – n'ont-ils pas promis des élections honnêtes en juin ? –, ils sont aussi des impies. Ils ont fait tomber une banderole portant le nom de Dieu !

— *Allah ouakbar*, s'écria la salle.

— La main qui porte atteinte à l'honneur d'Allah mérite d'être coupée !

— *La ilaha illa Allah*.

— Mais n'ayez crainte. L'heure viendra où ils devront répondre de leurs actes. Car Allah Tout-Puissant nous juge depuis les cieux. Et je le dis à chaque jeune homme qui ne craint pas les ablutions : il n'y a pas d'autre voie que celle du djihad.

Les jeunes gens en jean approuvèrent en criant.

— Jusque-là, nous l'avons mené sans faillir. Armé de nos paroles et de nos prêches. Prodiguant le bien autour de nous comme vous l'avez fait en collectant vivres et couvertures après le tremblement de terre de Tipaza. Paix sur vous mes frères. Et sur vos familles. Qu'Allah vous bénisse pour cette vie et celle qui suivra.

— Et que Dieu te bénisse avec nous.

Belhadj marqua un long silence au cours duquel il scruta les visages au premier rang.

— Nous avons aussi voulu, et voulons toujours, mener le saint djihad par le vote. C'est la voie qui a été décidée par le *majlis ech-choura* et quiconque s'en écartera sera jugé sévèrement. Nous n'ignorons pas que certains ici se prononcent en faveur d'une troisième voie. Celle du djihad par la violence. Je suis venu demander à tous les jeunes qui entendent comme moi la voix d'Allah de lâcher les armes. Le moment viendra, mes frères. Soyez patients ! Nous prendrons le pouvoir !

— *La ilaha illa Allah, la ilaha illa Allah, la ilaha illa Allah.*

— Maintenant, reprit-il, je vous demande de créer une collecte pour aider les familles de ceux que la police a arrêtés cette semaine. Ils ont besoin de tout. De repas chauds, d'argent, de couvertures. Et d'avocats musulmans.

Le jeune imam les regardait gravement.

— Les volontaires, levez la main.

Zoheir planta son coude grassouillet dans les côtes de Hicham.

— C'est ton tour, mon frère.

Hicham écarquilla les yeux. Non. Il n'avait encore jamais plaidé.

— Allez, lève la main ou je suggère ton nom.

Et ce fut d'une voix nasillarde, les yeux plissés, que Hicham, honteux de son arabe non maternel, se désigna :

— *Ana*, je suis avocat.

Ali Belhadj posa sur lui un regard étincelant d'intérêt, ensorcelant.

Zyneb attendait sa fille sur le parking du centre équestre. Son coude, qui dépassait légèrement de la portière, commençait à rougir. Elle jeta la tête en arrière et sa tresse lécha les fientes d'oiseau qui parsemaient la carrosserie. Elle se moquait bien de l'état de la voiture. C'était la sienne désormais. Elle pouvait la salir, la rayer, l'emboutir sans faire enrager Brahim. C'était son refuge, son petit espace de chaos à elle où les contraintes de la vie disparaissaient.

Mais que fabriquait Selma ? Durant les grandes vacances, Zyneb, qui ne travaillait pas, devenait le chauffeur attitré de sa fille. Selma la réveillait à l'aube pour aller monter. Juillet et août étaient si chauds que les entraînements commençaient à six heures du matin, quand l'haleine du bois était encore tiède et le sable frais sous les sabots. Les reprises s'arrêtaient à onze heures pour ne reprendre qu'en fin d'après-midi. Aujourd'hui, elle avait dû venir la chercher plus tôt pour l'emmener chez Maya.

Zyneb klaxonna. Pourquoi sa fille tardait-elle toujours ? Elle envisagea de sortir de sa voiture mais l'idée de trouver les autres parents attablés à la buvette l'en dissuada. Les groupes déjà constitués l'intimidaient.

Elle écrasa encore le klaxon et Selma apparut, rougeaude sous sa casquette.

— Peux-tu arrêter de me faire honte ? On a dit treize heures et regarde.

Selma lui flanqua le cadran de sa montre sous le nez : treize heures une. Zyneb lut treize heures quinze sur la sienne. Elle soupçonna sa fille d'avoir encore remonté les aiguilles.

— Tes pieds.

Selma ouvrit la portière et claqua ses bottes l'une contre l'autre. La paille sale se décolla à l'extérieur du véhicule.

— Ça te suffit ?

— Oui, mais tu schlingues.

— Je me laverai dans la piscine.

Quelle poisse, pensa Selma tandis qu'elles traversaient le bois. Se priver d'équitation pour l'ennuyeuse fête d'anniversaire de Maya. Son cadeau trônait sur la banquette arrière, emballé dans du papier doré. Un appareil photographique commandé en France par Brahim.

Depuis que Selma avait perdu ses rondeurs aux joues, ses pommettes saillaient autant que celles de son père. Assise sur le siège auto, elle sentait encore le rythme ternaire du galop de Sheïtane palpiter dans ses hanches.

— Remonte ta vitre.

Selma s'exécuta en soupirant. Elles venaient d'arriver dans le centre-ville. Comme d'habitude, sa mère avait peur.

Zyneb alluma la radio. Le FIS menaçait d'appeler au djihad, car le gouvernement avait placé en détention Abassi Madani et Ali Belhadj. Selma écouta d'une oreille tout en observant le paysage. La route remontait la ville en colimaçon. À gauche, en contrebas, la mer luisait. Selma s'imagina galoper sur cette surface ondoyante avec Sheïtane. L'amour d'un cheval. Une chose dont ne parleraient jamais les journaux. Une passion à laquelle sa mère ne comprendrait jamais rien. Que ferait Zyneb si Selma lui racontait ses problèmes au club, à part soupirer, à part entortiller sa tresse autour de son index et laisser l'indifférence envahir ses yeux presque verts au soleil ? Elle se moquerait. Alors que c'était vrai. Selma pouvait le sentir dans chaque parcelle de son cœur. Elle mourrait, oui, elle décéderait sur-le-champ si l'équarrisseur venait lui enlever son étalon. La veille, il avait botté un palefrenier au point de lui faire vomir de la bile. Et alors ? Est-ce que quelqu'un s'était demandé ce qu'avait fait le palefrenier au cheval ? Pourquoi avait-il botté ? Posons la question puisque personne ne le fait. Pour les coups de poing sur les naseaux ou pour les jets de pierre ? Pour les seaux d'eau dans les oreilles, le tord-nez en ficelle ? Ce n'était pas un coup gratuit mais un coup rendu. Il fallait en finir de compter avec deux monnaies parallèles, celle des hommes et celle des bêtes. Il fallait respecter tous les vivants.

L'odeur du jasmin s'engouffra dans la voiture. Elles étaient arrivées à El Biar, le quartier résidentiel des Hakkar où elles avaient pu rouvrir leurs vitres. Un des derniers endroits d'Alger qui puissent se targuer de l'appellation de Ville Blanche. Huppé, évidemment.

— Retire ta casquette.

— Cesse de me donner des ordres !

Zyneb raidit son pied sur l'embrayage et cala au sommet d'une rue escarpée, devant l'entrée du ministère de la Justice.

Un jeune garde leva son fusil. *Smahli.* Zyneb accompagna son mot d'excuse d'un signe rapide de la main. Une explosion avait eu lieu dans une rue adjacente trois jours plus tôt. Elle ne voulait pas s'exposer à un tir de précaution. Elle redémarra et Selma se radoucit. Après tout, ce n'était pas la faute de sa mère si Sheïtane risquait de finir sur un étalage en bavette.

Le portail automatique des Hakkar s'ouvrit sur une allée bordée d'hibiscus. Les deux femmes roulèrent jusqu'à l'entrée de la maison. Selma entendait les jeunes crier dans la piscine qui se situait à l'arrière du jardin. Zyneb se gara. Elles entrèrent sans sonner, car la porte était maintenue ouverte par une grosse pierre. Les courants d'air faisaient battre les portes intérieures. Celle du bureau de Charef s'ouvrit à la volée. Un homme en sortit.

— Vous allez le payer !

Il s'adressait aux personnes qui étaient à l'intérieur de la pièce, invisibles pour Zyneb et Selma. L'homme portait un costume beige. Son visage aux traits réguliers s'était couvert de plaques rouges. Une voix inconnue émana de l'intérieur du bureau.

— Tu nous menaces, Farid ?

— Non, monsieur le ministre mais si vous créez ces camps dans le désert et que vous y envoyez les islamistes, *nous* allons le payer. Nous tous. L'Algérie tout entière !

— Alors tu préfères laisser la démocratie à laquelle tu tiens tant disparaître entre leurs mains ? Tu préfères qu'on les laisse faire leur djihad, Farid ?

Farid regarda dans le vague avant de répondre :

— C'étaient les Français qui parquaient nos parents dans des camps.

Il partit, tête basse, sans s'apercevoir de la présence de Selma et de sa mère avant de passer à côté d'elles.

— Zyneb !

La mère de Selma bredouilla un « oui » qui lui valut d'être scrutée par sa fille.

— C'est ta fille ?

Oui et elle a l'oreille fine. Elle décèle les couches de tendresse qui se logent dans les possessifs. Selma regarda Farid droit dans les yeux.

— *Allah y barek*, félicita-t-il Zyneb. Elle est aussi belle que toi.

Il s'en alla, laissant Zyneb avec une expression confuse sur le visage.

— Qui est-ce ? demanda Selma d'un ton inquisiteur.

— Candide, de la Ligue algérienne des droits de l'homme, répondit Charef qui sortait de son bureau pour voir à qui s'adressait son visiteur. Ah mais... j'avais oublié.

Il échangea un regard mystérieux avec Zyneb puis retourna s'enfermer dans son bureau. La mère de Selma s'éclipsa. À tout à l'heure, ma chérie. Elle agita la main. Amuse-toi bien. Quelle hypocrite. Selma se dirigea vers la piscine. Non, elle n'allait pas s'amuser. Elle aurait voulu monter cet après-midi. Et elle aurait aimé savoir pourquoi sa mère connaissait ce Farid. Mais à quoi bon poser ces questions ? Les adultes passaient leur temps à mentir.

Au bord de la piscine, une dizaine de paires de jambes lisses luisaient au soleil. Des jambes comme Selma n'en aurait jamais. Des salons d'esthétique, elle ne connaissait que les enseignes et ce que lui en avait raconté Maya. La douleur de l'épilation ? Une nuée d'aiguilles rapides. Zyneb ne pouvait rien lui apprendre sur ce sujet : elle se rasait. Au fil des années, ses poils étaient devenus si drus qu'on en voyait le pointillé avant même qu'il ne perce la peau. Ce matin-là, Selma avait emprunté le rasoir de sa mère et s'était blessée.

— Mimi, n'oublie pas les orteils.

Myriam la boulote créma Maya jusqu'aux ongles des pieds. La cousine de Selma portait des lunettes de soleil trop grandes pour elle. Un modèle délaissé par sa mère au profit d'un autre plus récent. Dior ou Chanel, Selma confondait mais peu importait. Ce qui la gênait surtout à ce moment était d'être en tenue d'équitation au milieu des adolescents presque nus. Elle retira sa casquette. Ses cheveux gonflèrent d'un coup.

— Mushroom Selma !

Mimi rit en essuyant ses doigts pleins de crème sur ses propres cuisses. Selma haussa les sourcils sans relever la pique de sa cousine. Maya lui fit de la place sur son transat. Allez, viens ma chérie. Son ton las – un air qu'elle se donnait depuis peu – et son revirement affectueux insupportèrent Selma. Tiens. Maya prit le paquet cadeau dont elle défit l'emballage de ses longs doigts vernis. Sympa : un appareil photo instantané. Elle avait parlé suffisamment fort pour que tout le monde l'entende. Quoi ? Mais quelle chance ! Les garçons sortirent de l'eau aux exclamations des filles. Les corps mouillés se pressèrent autour de Selma. Les chevelures gouttaient sur ses bottes pleines de crottin. Pouah ! Sofiane lui adressa un clin d'œil chamailleur avant de se saisir du boîtier. Il y inséra la pellicule, appuya sur le déclencheur. Maya roucoulait. Non, non, je ne me suis pas préparée. Elle montra ses dents, réajusta ses lunettes immenses au bout de son nez. La photographie jaillit du boîtier. Elle était toute noire. Les couleurs et les formes apparurent sous les exclamations. L'émerveillement dura peu. L'appareil fut jeté sur le transat. À l'eau! Les filles poussaient des cris suraigus. Les garçons les attrapaient, tiraient leurs pieds vers le fond de la piscine. Selma, qui observait le spectacle, fut éclaboussée.

— Hue, à l'eau la cavalière!

Accoudé au rebord, Sofiane la narguait. Ses sourcils trempés papillotèrent sur son front. Quel sourire depuis qu'il avait retiré son appareil dentaire! Il disparut dans l'eau, laissant Selma idiotement battre des cils. Il fallait absolument qu'elle aille se changer. Elle n'allait tout de même pas rester là à cuire dans cet accoutrement ridicule! Elle attrapa son sac à dos et se dirigea vers l'intérieur de la maison.

Dans la cuisine, la femme de ménage remuait le contenu d'une grande casserole. Selma hésita à se manifester. Elle n'avait jamais su comment se comporter avec les domestiques. Du moins ceux des autres, car les Bensaïd n'employaient plus personne. Ni pour les grands ménages de printemps, ni pour repeindre les murs, ni pour tailler les arbres dont les branches poussaient anarchiquement. Les années avaient défilé depuis que Selma, impardonnable gaffeuse, avait pointé un palefrenier en claironnant : Sa grande sœur fait des ménages chez moi! Sa mère s'était emportée. Pour qui te prends-tu? Ferme ta bouche la prochaine fois au lieu d'humilier les gens. Selma traversa la cuisine en murmurant un « bonjour » discret.

Charef et son invité étaient partis en laissant le bureau ouvert. Selma s'approcha et regarda par l'entrebâillement de la porte. Qui était ce Farid? Elle espérait découvrir quelques indices. Elle détailla le plateau avec la cafetière, les tasses, les morceaux de sucre. Un bout de cigare reposait sur le bord du cendrier en verre. Elle entra. Des images de son enfance lui revinrent. Elle et Maya sautant sur les fauteuils en cuir ou, assises avec leurs jambes qui pendaient dans le vide, fumant des cigares éteints. Elle entendit quelqu'un dans le couloir. Elle referma brusquement la porte. Quelle idiote ! Qu'allait-elle raconter si on la trouvait là ? Elle eut l'idée de commencer à se changer. Elle pourrait toujours prétexter que la salle de bains était occupée.

Elle retira ses bottes. Les volets filtraient la lumière intense de juillet. Elle dézippa sa culotte d'équitation et découvrit ses jambes. Deux longues croûtes de sang longeaient la partie saillante de son tibia. Elle aurait dû être moins pressée ce matin avec le rasoir. Une voix gloussa. Elle venait du jardin. Qui était-ce ? Qui se cachait derrière le mur pour se moquer d'elle ? Elle chercha une paire d'yeux collés aux persiennes mais ne vit rien.

— Juste un alors !

Maya, exaspérante, glapissait de plaisir.

— Un, c'est tout.

Sofiane était avec elle. Il y eut un long silence, ponctué de bruits de succion. Selma ignorait ce qu'elle devait faire. Se signaler ? Supporter ces bruits dégoûtants ? Elle se laissa choir sur le sol. Pourquoi, pourquoi avait-elle soudain envie de pleurer ? Elle essaya de se concentrer sur le journal qui traînait sur la moquette. On le laissait rarement à disposition chez elle. Ses parents en arrachaient même les pages qu'ils jugeaient inquiétantes pour leur fille. Charef avait griffonné l'exemplaire au feutre. Selma lut avec un sourire : Imbécile ! Complètement con, bravo ! Il avait annoté l'interview de l'ex-Premier ministre Mouloud Hamrouche, qui venait d'être limogé. Maya poussa soudain un gémissement répugnant et Selma se boucha les oreilles. *Il y a actuellement une expérience un peu unique dans le monde musulman. C'est la première fois qu'un État – l'Algérie – reconnaît un mouvement intégriste comme un mouvement politique. Nous avons choisi cette voie parce que nous considérons que c'était la meilleure façon de maîtriser ce phénomène et de le comprendre, de le gérer et discuter avec lui. Nous avons choisi la voie démocratique, la voie des libertés, la voie de la sagesse...* [RICHE IDÉE ! REGARDE LE RÉSULTAT !]

— Le paradis est sous les pieds des mères.

Non, vraiment ? C'était là ta réponse, Hicham ? Le seul commentaire qui t'était venu à l'esprit en ouvrant la porte à ta nièce ? Sous l'épaisse toison de ses sourcils, les pupilles de Selma étincelaient. Elle n'était pas descendue ici pour enrichir sa culture d'une citation douteuse, oncle penaud. Ni pour profiter de l'éclairage nocturne du jardin. Encore un hadith ! Comme s'il ne suffisait pas que la parole de Dieu soit gravée dans le marbre du Coran. Selma avait en horreur ces propos du prophète rapportés par ses compagnons. Ils venaient toujours à la rescousse de son oncle quand elle l'acculait, quand il se trouvait à court d'arguments. Ce colportage d'hommes en hommes à travers les siècles pouvait-il sérieusement constituer un point final, une clôture à la pensée ? Oui, tonton. Elle le savait. Il y avait deux types de hadith. Les hadiths *sahih*, dont l'authenticité avait pu être vérifiée, et les hadiths *daif*, dont la véracité était jugée plus faible. Mais allons, poussons la logique puisque c'était de rationalité qu'il se revendiquait : si la parole de Dieu est immuable, pourquoi faire concurrence au Coran ? Pourquoi interférer avec ces cancans sanctifiés après coup par de vieux barbus ? Non, non, oncle Hicham, tu ne te déroberas pas. Pas cette fois. Ta nièce est venue chercher des éclaircissements et elle te fera abandonner ta mauvaise foi à la force de son regard.

— Alors, l'as-tu dite, cette phrase sur moi ?

Hicham ne répondit pas.

Cet échange trouvait son origine quelques heures plus tôt. Une fin de journée où, après des semaines de coupure, l'eau coulait enfin dans l'antique tuyauterie de la maison. Selma s'était enfermée dans la salle de bains pour en profiter. C'était interdit mais comme c'était bon. Le robinet grand ouvert. Le bruit de l'écoulement, les éclaboussures sur ses bras et sur ses joues. Tout son cuir chevelu frissonnait quand elle avait entendu un éclat de rire. Un éclat de rire dans la maison ? Elle avait jailli de la salle de bains. L'obscurité dessinait d'étranges motifs sur le carrelage du couloir. Les voix de Brahim et de Hicham retentissaient gaiement.

À table ! Mima rayonnait. Rabibochés ! Ses fils, enfin réunis, lui faisaient tourner la tête de bonheur. « Sssstop ! » Les dents de la vieille dame, minuscules, parfaitement alignées par le prothésiste, étaient sans cesse découvertes. « Çça suffit ! » Allons, Si Smaïl ne t'emporte pas, là-haut sur ton portrait. Tes fils te taquinent. C'est vrai que ta langue sifflait quand tu les grondais. Ne te fâche pas, la moquerie est si douce quand elle forge les fratries. Rabibochés ! Les yeux de Mima étaient humectés.

Seule Selma restait sceptique. Elle mangeait sa soupe de pois cassés en raclant la cuiller contre ses dents. Réconciliés à la faveur de quoi ? Brahim avait accepté de soigner un jeune client de Hicham gratuitement. En quel honneur ? Il lui avait fait pitié, soit. Les deux frères avaient ensuite passé l'après-midi ensemble, parcouru les étalages vides d'un souk-el-fellah, une épicerie d'État d'où ils n'avaient rapporté que ce sac en toile noire grossière, ce kilogramme de pois cassés. En souvenir du bon vieux temps, *yemma*. Fais-les bouillir, s'il te plaît, mixe, rends-nous tout cela onctueux, veloute, saupoudre de cumin et d'amandes concassées en revendiquant le caractère algérien de ta recette, en tirant à toi la couverture de la gastronomie maghrébine.

Les plaisanteries avaient cessé lorsqu'ils avaient parlé d'argent. L'inflation. Tant de zéros sur les ardoises du souk, avait soupiré Brahim, pressant un quart de citron dans sa soupe. Les doigts de Hicham s'étaient crispés. Non, il ne voulait pas chercher son frère sur le terrain des moyens de subsistance, pas aujourd'hui alors qu'il avait été si généreux. Son beau visage triangulaire s'était tendu. Brahim avait poursuivi sa complainte, pensant plaire à son frère qu'il savait sensible à la misère. Il avait mordu goulûment dans un morceau de *matloua* et, la bouche pleine de pain, avait demandé :

— Mais dis-moi, j'espère qu'ils te paient correctement au moins ces clients... risqués.

Hicham avait lâché sa cuiller.

— Je t'en pose, moi, des questions sur ton salaire ?

Brahim avait baissé la tête. C'était toujours la même chose avec lui. Impossible de discuter. Il était l'aîné, avait-il rappelé. Le chef de cette famille. Son rôle était de se préoccuper de son petit frère, de contrôler qui entrait et sortait de chez eux, surtout quand l'État arrêtait des sympathisants du FIS à tour de bras.

— Mais trouves-tu cela juste ? Qu'un parti soit plébiscité par le peuple et qu'on arrête ses dirigeants, qu'on suspende les élections !

— Pas suspendues, reportées !

Mima avait poussé un cri plaintif et enfoui son visage dans ses mains flétries. Hicham avait eu pitié de sa mère. Il n'avait rien répondu. Il s'était efforcé de vider son assiette par l'ouverture de sa mâchoire contractée. Selma frottait ses doigts contre la nappe. Non, non. S'il vous plaît. Pas de repas qui dégénère. Elle cherchait, elle se creusait la cervelle pour dégoter une anecdote légère et amusante afin de ressouder les liens fraternels. L'odeur des pois cassés l'écœurait. Après une nouvelle gorgée de limonade, elle avait émis sans le vouloir un rot sonore.

— Selma, avait tonné son père, jouissant enfin de pouvoir passer ses nerfs sur quelqu'un. Quand apprendras-tu à te tenir ?

Selma avait baissé la tête en silence. La moindre réplique aurait empiré la situation. Manger de la mie de pain. Éponger la nausée. Apaiser l'angoisse.

— *Hamara !*

Les paupières de Brahim tremblaient. Selma s'était mordu la lèvre. Un sanglot muet avait parcouru sa poitrine couverte d'un tee-shirt large. Depuis quelque temps, son père était devenu si méchant.

— Fous-lui la paix, Brahim.

Hicham avait parlé d'une voix douce mais autoritaire.

— Toi, tu n'as qu'à faire des gosses si l'éducation t'intéresse.

— *Yarham waldikoum,* avait supplié Mima.

— *Yemma*, ne t'en mêle pas.

Mima s'était recroquevillée sur sa chaise. Elle implorait Si Smaïl du regard. Il lui paraissait soudain si loin dans son cadre. Calme-les. Je t'en conjure, calme tes enfants. Le cou de Brahim s'était veiné mais il avait réussi à se contenir. Il s'était tourné vers sa fille et lui avait demandé d'une voix glaçante :

— Sais-tu ce que pense ton oncle de ta passion pour l'équitation ?

Selma n'avait osé ni regarder son père dans les yeux ni observer la mine réprobatrice, mais gênée, de son oncle.

— Non.

— Que tu vas perdre ta virginité et que tu seras la honte de la famille.

— Je n'ai jamais dit une chose pareille !

Hicham avait repoussé si violemment son assiette qu'elle s'était brisée. Puis il était parti. La soupe verte se répandait sur la nappe. Selma avait terminé son dîner en silence avant de descendre chercher des explications.

Juillet passa. Les bras et le visage de Selma brunirent. Le duvet sur sa lèvre blondit. Ses rondeurs récentes, les morceaux de gras qui enrobaient ses hanches, ceux qui s'étaient logés dans ses genoux, fondirent. Elle montait dix, parfois douze heures par jour. Sans compter le travail à pied. Dès l'aube elle entrait avec Sheïtane dans le rond de longe. Ah, ils veulent t'envoyer à la mort ? Ils te prennent pour une carne bonne à farcir un poivron ? Je te dresserai. Je t'apprendrai tous les pas, les figures les plus complexes, je t'indiquerai comment te placer, encolure courbée, naseaux alignés au poitrail. Je leur cracherai ta prestance à la figure.

Était-ce par amour pour elle ou par prédisposition ? Le talent et le cœur bien souvent se confondent. Sheïtane se révéla doué au-delà des espérances. Son corps se remodelait. Son encolure épaisse prenait des courbures gracieuses. Ses sabots lustrés, nourris d'onguent, devenaient légers sur le sable. En se détachant de sa robe, les croûtes avaient découvert des zébrures de peau rose. Même ses jointures énormes paraissaient délicates quand il était en mouvement.

De chambrière, il n'était pas question. L'animal devenait fou à la simple vue du serpent des paddocks. Selma le savait. Elle prenait garde à chacun de ses gestes, évitait les mouvements brusques, parlait sans cesse avec lui.

Un matin, Ouahib s'accouda au rondin de bois blanc. Continue. La curiosité décollait à peine ses paupières engourdies. Selma fronça ses sourcils touffus, confusément coupés aux ciseaux. Allez. Montre-lui, Sheïtane, montre-lui donc ce dont tu es capable. Sauve ta peau.

Un attroupement se créa vite autour d'eux. Les cavaliers de la première leçon du matin s'approchèrent. Tiens, Selma veut devenir dresseuse ? Un palefrenier laissa sa main pendre à l'intérieur du rond de longe pour provoquer l'animal. Sheïtane fit un écart brusque mais n'interrompit pas l'exercice. Selma voulut le faire saluer l'assemblée. Il avança l'antérieur, le leva dans les airs avant de le reposer dans le sable. Ses quatre pieds étaient maintenant parfaitement alignés. Au signal de la jeune fille, Sheïtane repartit au petit galop. Il savait tout faire. Rien qu'à la voix. Changer de pied, reculer, moduler son trot jusqu'au piétinement dansé, galoper comme monté sur des ressorts.

De retour au box, Selma le gâta. Un excellent cheval de longe. Voilà ce qu'avait dit Ouahib. Qu'il ferait un excellent cheval de longe pour travailler, sur son dos large et confortable, l'assiette des cavaliers. Des larmes de soulagement trempèrent les joues de la jeune fille. Elle l'avait sauvé. Sheïtane buvait paisiblement l'eau de son abreuvoir. Elle approcha sa main pour le caresser quand il se redressa brusquement. Sheïtane ! Il l'avait aspergée d'eau et cognée ! Le cheval se mit à gratter le sol du sabot. Que lui arrivait-il ? Selma recula. Le verrou s'enfonça dans la chair de son dos. Elle sentit un souffle chaud dans son cou. Adel ? Il les observait. Son visage était si proche qu'elle pouvait en compter les grains de beauté. Un éclair violent animait ses yeux. Il la défia avec aigreur. Comment avait-elle réussi ? Elle, la gamine, la gosse de riche fleur bleue, comment avait-elle pu se faire obéir de la sorte ? Obtenir, d'un claquement de langue, ce qu'il avait dû arracher à coups de fouet ?

— Que veux-tu ?

Il sourit méchamment.

— Sais-tu comment nous l'avons renommée, ta carne prétentieuse ?

— Non.

— Bourgeois.

Le jeune homme s'éloigna en claironnant « Bourgeois, Bourgeois » à travers le couloir. Il avait coupé ses cheveux ras. Il l'attirait violemment.

— Laisse-moi faire ! Tu t'y prends n'importe comment.

Maya arracha le crayon à Selma. La mine était si affûtée qu'elle lui avait griffé l'intérieur de l'œil.

— Tu pars du coin, comme ça, pour agrandir l'œil.

Selma se regarda dans le miroir fixé au-dessus du lavabo. Le résultat lui plut.

— Tu vois que tu peux être jolie quand tu veux !

Une pince à épiler étincela entre les doigts de Maya.

— Non !

— C'est une fourrure que tu as sur le front !

— Je t'ai dit de me laisser tranquille !

— Une sauvageonne, voilà ce que tu es. Et ce que tu resteras.

Maya referma sa grande trousse à maquillage. Les filles ! Zyneb les hélait depuis la véranda. Elle cria si fort que Mistinguet s'engouffra dans un placard. Maya traversa le couloir et se chaussa. Que fabriquait encore Selma ? Elle s'était arrêtée en chemin et avait attrapé le gros chat roux dans ses bras. Allez ! Selma tangua sur les escarpins que lui avait prêtés

Mima. Les seuls qui étaient à sa taille. Un modèle années soixante, d'une marque luxueuse, certes, mais démodée. Elle insista pour que Maya monte à l'avant. Pourvu qu'elles augmentent le volume de la radio ou qu'elles bavardent tout leur soûl. Qu'elles la laissent rêvasser seule à l'arrière, déployer son imagerie intérieure chaotique sur l'étendue de la mer bleu-gris.

— Cette zone a été transformée en résidence d'État, *ya* madame.

— Je le sais parfaitement.

Zyneb pinça les lèvres. Elle était vexée que le soldat ne puisse même pas imaginer qu'elle rende visite à l'un des résidents. Chachouène. Je viens déposer ma fille et sa cousine chez les Chachouène. Le soldat chercha son nom sur la liste. Pas de Bensaïd. Je regrette, *ya* madame.

— Et Hakkar ? tenta Maya.

Le soldat approuva. C'était bon. Zyneb s'engagea sur la chaussée large et plate, impeccablement goudronnée. Un parfum d'été flottait encore en plein décembre. Les murs doublés de barbelés, l'accès militairement restreint, n'ôtaient pas à Club des Pins sa physionomie d'antan, de village balnéaire cossu. Pour échapper à la tourmente, les dirigeants politiques et leurs familles étaient venus se réfugier dans ses bungalows de luxe. La zone avait été protégée.

Selma apprécia immédiatement les contours nets et propres des édifices, le halo puissant des lampadaires. Mais Maya était insupportable à se tortiller sur son siège, à scruter chaque silhouette sur les trottoirs.

— Tu peux nous laisser là ! s'exclama-t-elle en ouvrant la portière. Sofiane vit à l'angle.

— Ne bouge pas, lui ordonna Zyneb. Je vous déposerai devant la porte.

Selma sourit, narquoise. Sa cousine avait honte d'arriver à la fête dans une épave.

— D'autant qu'il faudra bien que tu viennes nous chercher tout à l'heure, maman.

D'où jaillissait cette pointe fielleuse, cet esprit de peste ? Maya laissa glisser la remarque, s'apprêtant à se jeter au-dehors. Au revoir, tata ! Allez, Selma, magne tes fesses rondes comme des pastèques. Elle pressa la sonnette en façonnant un sourire large. Sofiane les accueillit de façon avenante. Avait-il conscience de l'émoi que suscitait son torse à moitié découvert ? Qu'ouvrir trois boutons de cette chemise bleu pâle était une invitation à l'arrachement ? Il embrassa Maya sur la bouche et Selma envia leur assurance, la tranquillité avec laquelle ils affichaient leur couple. Ses parents l'auraient punie s'ils l'avaient vue ne serait-ce que tenir la main d'un garçon.

— La cavalière a lissé sa crinière.

Sofiane l'embrassa si près du cou qu'elle rougit.

— Tu es belle.

Ses joues s'embrasèrent encore. Elle franchit la baie vitrée tête baissée. Maya et Sofiane se dirigèrent de l'autre côté du salon, là où était le reste des convives. Sa cousine avait-elle entendu le compliment de Sofiane ? Elle ne semblait pas perturbée. Elle distribuait des cigarettes volées à sa mère. Pour se donner une contenance, Selma se concentra sur le buffet, une table recouverte d'une nappe en papier, poussée contre le mur. Elle attrapa une poignée de cacahuètes, se servit un verre de limonade qu'elle utilisa pour rafraîchir ses joues.

My-lè-ne Far-mer ! Les adolescentes se précipitèrent sur la piste, rirent comme s'il s'agissait d'un concours de joie. Elles s'évaluaient, faisaient le décompte des regards des garçons sur elles. Désenchantées ! Selma trouvait la chanson horrible. Voix de crécelle sur voix de crécelle, cette symphonie des aigus lui donnait mal à la tête. Dix modèles différents de robes s'ébrouèrent soudain sur un autre rythme, si galvanisant que même le pied maladroit de la jeune fille, le droit, celui qui continuait à pointer vers l'intérieur, marqua la mesure sur le sol. Un nouveau refrain, *Everybody dance now*, résonnait dans les bouches comme un ordre adressé à ceux qui étaient restés à l'écart, pointés tour à tour. Selma anticipa l'index qui la viserait. Elle attrapa une carafe emplie d'un liquide orangé et s'en servit un verre plein. Elle le vida. Bizarre. Ni bon ni mauvais. Elle avait pourtant promis. Elle avait juré à sa mère qu'elle ne boirait pas d'alcool si par hasard il y en avait. Mais tant pis ! Elle devait bien se déniaiser. Elle avala un deuxième verre puis, sans que personne lui ait rien demandé, fit son entrée sur la piste.

Les corps se frôlaient et se cherchaient. Selma commença par imiter. Tel bras levé, tel pied qui avançait et reculait en rythme. Puis, au fur et à mesure que ses membres s'engourdissaient, elle cessa de s'observer. Elle inventa. Était-ce cela l'ivresse ? La libération de l'imagination des nerfs ? Les autres riaient d'elle tout en se laissant entraîner. Le laisser-aller de Sellouma était si décomplexant. Elle cache bien son jeu, ta cousine ! N'est-ce pas Maya ? La jeune fille s'était éloignée pour discuter avec un garçon grand et maigre. Un ancien élève de terminale qui exerçait désormais sa verve insolente dans un journal. Le visage de Sofiane s'assombrit. Que pouvait bien lui raconter Youssef pour la faire rire à ce point ? Lorsqu'il les vit sortir discuter dans le jardin, Sofiane attrapa la main de Selma. Suis-moi. Elle se sentait pourtant si bien dans ce mouvement de dos crawlé. Il l'attira dans la cuisine. Avait-elle soif ? Pourquoi pas. La lumière l'éblouissait. Le tracé des meubles était mouvant. Elle tituba. Elle éclata de rire. Comme avoir le vertige est amusant. Elle se déchaussa, ferma les yeux. C'était bon. Le contact du carrelage frais sur ses pieds ampoulés. Quand elle les rouvrit, Sofiane se tenait si près d'elle que la pointe de ses seins frôlait le tissu bleu de sa chemise. Elle vit ses pores dilatés et ruisselants. Était-ce ainsi que les gens s'embrassaient ? Par excès de proximité ? Elle referma les yeux.

— Dégage !

Sofiane la projeta contre le plan de travail. Selma massa sa hanche endolorie.

— Occupe-toi de ton ivrogne de cousine au lieu de te balader au clair de lune !

Il quitta la cuisine. Dans l'entrée, Maya la fixait, le visage déformé par la haine.

— S'il te plaît, tata!

Maya n'aimait déjà pas qu'on lui résiste mais ce matin-là elle aurait pu étrangler Zyneb de ses dix doigts. Ne comprenait-elle pas que Selma et elle s'étaient disputées et qu'elle devait la ramener sur-le-champ chez elle? Qu'elle n'avait aucune envie d'assister à la reprise d'équitation de sa traînée de fille? Selma n'osa pas entrer dans la cuisine. Elle aurait pourtant eu grand besoin d'un verre de lait caillé. Seul du labane frais pouvait apaiser l'acidité qui lui rongeait l'estomac.

— Ça suffit, Maya! Non, c'est non.

Zyneb avait bien compris que les filles ne se parlaient plus mais elle s'en fichait. Elle avait d'autres sujets de préoccupations. Aujourd'hui avait lieu le premier tour des élections législatives. Les bureaux de vote venaient d'ouvrir et la circulation était déjà si engorgée que même les ambulances ne passaient pas. Alors, Maya pensait-elle réellement qu'elle allait faire un détour jusqu'à El Biar avant de déposer Selma au centre équestre? Croyait-elle qu'elles en avaient le temps après cette grasse matinée honteuse? Mlle Hakkar apprendrait à attendre. Et pendant qu'elle regarderait sa cousine dessiner des cercles dans la carrière, elle, Zyneb, irait glisser dans l'urne son bulletin triomphant. Le Front des forces socialistes. Elle y croyait. Ses concitoyens ne laisseraient pas les islamistes poursuivre leur poussée. Les municipales avaient été un choc. Le peuple s'était depuis réveillé. Il n'y aurait pas autant d'abstention. Et le FLN ? Ha ha, le FLN ! Je me ris du FLN ! Plus personne ne voulait de ce parti unique et poussiéreux, corrompu, militaire. Ce soir, Zyneb fêterait la percée du FFS à l'Assemblée nationale. L'Algérie aurait un gouvernement socialiste ! Allez, en voiture les filles ! Ne traînez pas. Sur la route, on n'entendit que le martèlement de la pluie sur les feuillages. Quelques minutes avant d'arriver au club, Maya ricana. Ça y est, pensa Selma, son agressivité s'exprime enfin. Plus qu'un accès de colère avant la réconciliation. Elle regarda le mur d'une gargote tagué en arabe : « Tu rendras compte de ton vote devant Dieu. FIS-6 ». Pour les électeurs qui ne savaient pas lire, un chiffre était attribué à chaque parti. Où était son oncle ce matin ? Il devait être anxieux.

— Attends-moi ! Je veux te montrer quelque chose.

Selma sourit. Elle en était sûre. Maya la suivait, juchée sur ses talons, zigzaguant entre les flaques. Attendre ? Elle jeta un coup d'œil à sa montre. Les autres étaient à cheval depuis dix minutes mais tant pis : elle voulait se réconcilier avec sa cousine. Elle entra dans la sellerie et respira l'odeur du cuir humide. Regarde. La jeune Hakkar lui tendit un paquet de photographies. Selma fit défiler les clichés en entrouvrant les lèvres. Elle ! Elle avec une bretelle tombante, l'œil vitreux, le nez collé à celui d'un garçon de la classe. Elle à genoux sur la piste, les bras en croix, s'égosillant au milieu d'un public hilare. Elle, les cuisses entre celles d'un élève de première, descendue si bas sur ses jambes que sa jupe laissait entrevoir ses fesses rondelettes.

Maya l'observait.

— Tu vois, susurra-t-elle. Sofiane a voulu t'éviter le ridicule en t'emmenant dans la cuisine. Et toi, tu en as profité.

Elle lui reprit les polaroïd.

— Laisse-les-moi, la supplia Selma.

Maya les rangea dans son sac et sortit en courant. La pluie avait redoublé. En quelques mètres, ses cheveux furent trempés.

Selma chercha le harnachement de Sheïtane. Quelle honte ! Comment affronterait-elle le regard de ses camarades à la rentrée ? Mais... comment cela était-il possible ? La selle de Sheïtane n'était pas sur son portant. La bride manquait aussi. Les yeux de Selma se brouillèrent. Comment Ouahib avait-il pu lui faire cela ? Elle posa sa bombe sur sa tête et, sous les torrents d'eau, se précipita vers la carrière.

Elle était inondée. Une boue épaisse gênait la marche des chevaux. Leurs cavaliers, vêtus d'amples anoraks, devaient les talonner sans cesse. C'est alors que Selma poussa un long soupir : elle venait d'apercevoir Sheïtane. Il se trouvait en dernière position, monté par l'un des jumeaux Hafani. L'étalon se rebiffait. Quelle idée de l'avoir attribué à ce pataud ! Il avait dû insister pour se prouver quelque chose. Prends Oiseau rare ! hurla Ouahib en couvrant le bruit du vent.

Cinq minutes plus tard, elle était en selle sur Oiseau rare. Un cheval qu'elle montait souvent avant l'arrivée de Sheïtane.

Ils se connaissaient bien. Les cavaliers devaient désormais dessiner des voltes au centre de la carrière. Hafani ne parvint pas à faire galoper Sheïtane en cercle. Le cheval ne répondait pas et gênait les autres dans leur exercice. Ballotté sur la selle, Hafani se cramponnait au pommeau et émettait de petits cris brefs. Laisse-le-moi, lui intima Selma, le rasant au petit galop. Non ! La rivalité le ranima. Il lâcha la selle, récupéra les rênes qui pendaient sur l'encolure et les raccourcit brutalement. L'étalon s'immobilisa, stupéfié par la douleur. Le jeune homme le talonna violemment, en vain. Le cœur de Selma se serra. Arrête ! cria-t-elle. Hafani lui adressa un sourire narquois avant de continuer.

Ouahib ordonna aux cavaliers de rejoindre la piste. Sheïtane y créa vite un embouteillage. Lâche les mains et donne des jambes, s'époumona Ouahib. Hafani talonnait furieusement. Sheïtane recula, obligeant les chevaux à s'entasser derrière lui, dans un coin de la carrière. Il n'y avait ce jour-là que des étalons. Une bagarre pouvait éclater à tout instant. Un hennissement retentit. Selma déboîta sur la gauche et doubla le groupe. Bonne réaction, Selma ! la félicita Ouahib. Les autres la suivirent. Les épaules de Ouahib retombèrent. L'accident était évité. Tu reprends Sheïtane, dit-il. Vous échangez.

Selma, rayonnante, s'arrêta au milieu de la carrière. Elle flatta l'encolure d'Oiseau rare avant de se laisser glisser lentement de la selle pour éviter une giclée de boue. Hafani avait abandonné Sheïtane à quelques mètres. Quel imbécile ! Cherchait-il à provoquer un accident ? Sheïtane commençait à marcher librement. Selma courut vers lui. Elle saisit les rênes, le caressa, essora ses crins trempés. Elle plaça son pied gauche dans l'étrier et se hissa sur la selle quand Hafani les frôla au grand galop, les aspergeant d'une boue glacée.

Selma retomba à terre. Ses fesses, son dos et ses jambes étaient trempés. Elle grelottait. Elle remonta d'une traction des bras et lança Sheïtane au petit galop. Regarde. Admire la métamorphose créée par l'amour. Elle avançait, sale mais pleine de joie, debout sur ses étriers, quand elle entendit un déclic. Maya avait pointé son objectif sur elle. Quelle peste! À quelques mètres, Adel la détaillait. La pluie avait cessé. Dans la lumière qui perçait les nuages, les longs cheveux blonds de Maya scintillaient.

Sheïtane braqua soudain les oreilles. Selma se retourna et vit que Hafani les collait. Le garçon la défia du regard : alors, allait-elle la maîtriser longtemps sa carne? Elle s'apprêtait à déboîter de la piste quand Sheïtane rua et décocha un violent coup de sabots dans le poitrail d'Oiseau rare. Le cheval hennit de douleur. Il se retourna, prêt à envoyer ses postérieurs en réplique. Hafani glissa de la selle. Les deux étalons se trouvaient désormais croupe contre croupe, prêts à s'affronter. Saute, Selma, saute maintenant! hurla Ouahib. Elle obéit et évita de justesse un sabot dans les côtes. Puis les chevaux s'affrontèrent de face, sous les regards impuissants des cavaliers et de leur moniteur. Oiseau rare termina au sol, gémissant. Une entaille profonde parcourait la cuisse de Sheïtane.

Selma passa le temps de la visite du vétérinaire à aiguiser ses arguments. Quand Ouahib la convoqua, elle était prête à défendre l'étalon avec hargne. Son entraîneur n'avait pas allumé la lumière de son minuscule bureau. La pièce était encombrée de manuels et de trophées que la poussière empêchait de briller.

— C'est le dernier incident.

Quelle injustice ! Sheïtane n'avait fait que se défendre. Lui reprochait-on de ne pas s'être laissé massacrer ? Pourquoi son cheval préféré aurait-il toujours tort ? Selma sentit qu'il était inutile de s'indigner. Le silence, lui avait appris son oncle, est parfois la meilleure des défenses. Elle trouva Adel et Maya dans l'écurie, riant devant un cliché.

— Aïe ! protesta Maya. Mais qu'est-ce qui te prend ?

Selma continua à la pincer.

— Maman nous attend.

Dans la voiture, Zyneb avait les yeux rougis.

— Le FIS a remporté les élections.

Selma colla son visage à la vitre. La route vers El Biar permettait de voir la baie d'Alger en contrebas. La mer était opaque. Le président Chadli respecterait-il sa promesse d'un gouvernement de coalition ? Alors tout changerait. L'Algérie deviendrait islamiste. Où était oncle Hicham ? Il devait être si gai.

Deux semaines plus tard

1992

La veille de la rentrée des classes, une manifestation d'ampleur eut lieu à Alger. Trois cent mille personnes défilèrent contre les islamistes. Au matin, des tracts jonchaient le trottoir du lycée Descartes. Selma en ramassa un « Contre les forces de la tristesse, sauvons la démocratie ». Les forces de la tristesse. La formule était juste. Son oncle s'était assombri depuis qu'il les fréquentait. Elle entra en classe en pensant à lui et à cette abstention massive qu'elle ne comprenait pas. Comment pouvait-on laisser les autres se prononcer à sa place ? Elle aurait aimé avoir l'âge de voter.

Ses camarades étaient déjà installés. Une enveloppe circulait. Son contenu était découvert avec des éclats de rire avant d'être maladroitement caché sous la table. Selma rejoignit sa place au fond. La chaise à côté d'elle était vide : Maya s'était déplacée à l'avant, à côté de Sofiane. Sa nuque était dégagée par un chignon d'où débordaient avec art quelques mèches de cheveux. Ses oreilles percées ne frémirent même pas quand leur professeur cria :

— Monsieur Chachouène, donnez-moi ce que vous avez dans les mains.

Toute la classe leva les yeux vers M. Corneroux, un vieux garçon dont personne n'avait jamais vu la glotte tant son col remontait haut sur le cou. Il avait encore grossi pendant les vacances. Corne de gazelle, le surnommaient ses élèves, du nom de ces gâteaux nappés de sucre glace dont ils l'avaient vu un jour se bâfrer à l'interclasse. Si énorme qu'il lui faudrait acheter deux places d'avion à son retour en France. D'ailleurs que fabriquait-il ? Tous les professeurs français avaient été rappelés par l'État mais lui était toujours là, continuant à les bassiner avec Rimbaud. Corne de gazelle était-il un barbouze ?

Il fixait Sofiane de ses petits yeux ternes semblables à deux lentilles crues.

— Obéissez ou je vous colle.

Il se tenait désormais devant Sofiane. Ses doigts s'agitèrent d'impatience au-dessus de la table. Le garçon lui tendit les clichés. Corneroux les découvrit en haussant les sourcils.

— Savez-vous ce que signifie *kahba*, monsieur ? demanda Sofiane tout haut pour que la classe l'entende.

Corneroux ne répondit pas.

— Une fille qui ne se respecte pas. Qui se roule dans la fange.

La classe mugit. Dans la fange. Selma était bien maculée de boue sur les photographies.

— Suffit !

Le gros cou du professeur se veina. Le bouton de son col menaçait de sauter. Les élèves attendirent en silence, ignorant si le spectacle viendrait plutôt de l'avant ou de l'arrière où

Selma s'enfonçait les ongles dans les avant-bras. Dès que la sonnerie retentit, elle prit son sac à dos déjà fermé et s'enfuit.

— Attends !

Maya lui courait après dans le couloir.

— Ce n'est pas mon idée. C'est Sofiane qui a insisté.

Hicham se réveilla décidé. Il battit des jambes pour se défaire des draps, froissant l'épais tissu que sa mère avait repassé puis tendu sur le matelas. Il s'observa dans le miroir. Le soleil d'hiver chauffait à peine ses cuisses. Depuis quelques mois, son visage triangulaire s'était empâté. Même le nez paraissait massif, avec son arête filant jusqu'aux narines légèrement évasées. Des rides s'étaient aussi installées au coin des yeux et de la bouche. Je vieillis parce que je vis, pensa-t-il. Je m'engage. Je ne suis pas un lâche ni un opportuniste comme mon frère.

Hicham avait accepté de rejoindre la vingtaine d'avocats constitués en collectif autour d'Abassi Madani, d'Ali Belhadj et des cinq autres dirigeants du FIS détenus depuis juillet. Il devait rencontrer ses clients pour la première fois ce jour-là.

Il jeta encore un coup d'œil à la glace avant de se lever. Ses traits n'étaient-ils pas la réplique exacte, pommettes exceptées, de ceux de son père ? Ah Si Smaïl, toi qui as tant bercé tes fils de tes exploits, combien de fois n'as-tu pas raconté, toujours avec plus de détails, ta fuite de l'internat pour rejoindre l'insurrection naissante, les humiliations endurées en silence dans ce lycée français où tu étais l'un des seuls Arabes, relégué au fond de la classe, sans parent pour t'apporter des confitures le dimanche? Les balles que tu avais secrètement appris à confectionner chez les scouts musulmans. La structure triangulaire des cellules du FLN, ne permettant jamais à quiconque de connaître plus de trois de ses camarades de combat. Qu'aurais-tu fait à ma place, papa? Hicham interrogeait son propre reflet. C'était simple : qui étaient les vrais rebelles aujourd'hui? Qui était réprimé? La réponse était évidente : les islamistes. L'histoire était faite de ruptures. Son père le lui avait appris.

La route était longue d'une heure. Blida n'était pourtant pas si éloignée d'Alger. Cinquante kilomètres à peine avant de buter sur le premier versant boisé de l'Atlas. La ville aux Roses, comme les Andalous l'appelaient autrefois, prospérait là, protégée des vents secs du Sud par les monts. Zoheir surnommait la prison militaire de Blida « le pentagone ». Sa construction était récente. Elle comptait cinq bâtiments agencés en étoile qui n'attendaient plus que leur croissant pour tracer dans le paysage l'emblème du drapeau algérien.

Sans lâcher l'autoroute des yeux, Zoheir récapitula pour son ami le contenu du dossier pénal. Il était mince. Quelques coupures provenant de journaux bouffeurs d'islamistes. *El Watan*, *Liberté*, évidemment. L'unique pièce à conviction, l'élément-clef pour le juge d'instruction, était une liste manuscrite trouvée lors d'une perquisition. Elle répertoriait un certain nombre d'actions, certes pas toutes pacifiques mais uniquement prévues en cas de fermeture du dialogue démocratique et d'intensification de la répression. C'étaient là les mots de leurs clients. Hicham buvait les paroles de son ami. Quelle verve ! Quelle assurance de bélier dans la pensée ! N'es-tu pas d'accord ? Hicham ? Hicham ! Oui ? Je te disais que le peuple nous avait choisis. Maintenant, la démocratie, c'est nous ! Zoheir éclata de rire.

Il se gara. Sur le parking, les autres avocats attendaient dans leur costume sombre. Ils fumaient. La grisaille blêmissait les peaux. Les pupilles flamboyaient. Hicham regretta aussitôt sa parka, son pantalon en toile. Il aurait voulu se fondre dans le groupe. Passer le premier contrôle entouré de silhouettes identiques à la sienne, sans risque d'être désigné par la sécurité, sans crainte d'être écarté pour crime de différence.

Tout s'entrechoqua dans son esprit. Les rouleaux de barbelés posés sur le mur, si haut qu'en chercher la cime lui tordit le cou. Les doigts râpeux du soldat qui inspecta ses poches. L'affection grave, la fraternité qui liait ces avocats audacieux, prêts, pour écrire l'histoire d'une encre nouvelle, à ouvrir quelques veines.

Un parloir spécial avait été aménagé pour les détenus du FIS. Leurs avocats pouvaient s'entretenir avec eux tout au fond de la cour, dans une petite salle de classe bourrée de micros.

— Attendez !

Le procureur militaire courut vers eux. Cet homme habituellement dédaigneux, si prompt à les humilier, leur offrait ce jour-là un visage affable. Avaient-ils besoin de quelque chose ? Les lèvres frémirent, retenant leurs sarcasmes. Le plus âgé d'entre eux, mais aussi le plus médiatique, envoya une réponse cinglante :

— Nous nous réjouissons, monsieur le directeur, que les résultats du premier tour vous aient adouci. J'ose espérer que vous traiterez vos prisonniers pour ce qu'ils sont : de futurs ministres.

Ils continuèrent leur traversée de la cour et s'installèrent dans le petit parloir. Zoheir sortit une ardoise blanche de sa sacoche.

Des pas résonnèrent. C'étaient eux ! Les sept détenus accompagnés de leurs gardes. Ils entrèrent seuls, souriants, sveltes dans leurs qamis clairs. Leur condition de prisonnier politique leur permettait d'éviter le treillis militaire. Ils avaient aussi pu conserver leur barbe. Ali Belhadj s'assit à la table de Hicham et de Zoheir.

La bonne humeur de l'imam surprit Hicham. Où puisait-il cette réserve de gaieté ? Il avait maigri. La fine monture dorée de ses lunettes lui tombait jusqu'au creux des joues. Zoheir commença les présentations, mais Belhadj l'interrompit. Il se souvenait bien du jeune avocat. Avait-il réussi à alléger les peines de ces adolescents arrêtés lors des manifestations de juin ? Hicham acquiesça fièrement. Aucun de ses clients n'avait écopé de plus de six mois. Son interlocuteur le scruta en silence. Puis il lui demanda :

— Quelle est ta stratégie pour nous, mon frère ?

Hicham frotta la pointe osseuse de son menton. Il était de l'avis de ses confrères : il fallait mener une stratégie de rupture. Plaider l'illégitimité d'un tribunal militaire à juger des civils. Insister sur la liberté d'opinion et les nouvelles valeurs de l'Algérie démocratique. Hicham exposa les articles de loi avec précision puis l'ensemble de la jurisprudence qu'il avait étudiée jusque tard dans la nuit. Le sourire croissant de l'imam le fit balbutier. Non sans malice, Belhadj l'interrogea :

— Et penses-tu que le tribunal sera sensible à ces arguments juridiques ?

Hicham n'eut pas besoin de réfléchir.

— Non. Vous ne serez libérés que s'il y a un gouvernement FIS. La victoire ne peut être que politique, pas juridique.

Ali Belhadj se tint les côtes, secoué par un rire enfantin.

— Alors, reprit-il, pourquoi m'exposes-tu toute cette loi inutile ?

Son sourire avait disparu.

— Je vais te dire pourquoi.

Belhadj se saisit de l'ardoise et du feutre et écrivit : « pour les journalistes étrangers ».

Sur le chemin du retour, Hicham remarqua qu'une voiture les suivait. Deux paires de lunettes de soleil rondes étincelaient dans leur rétroviseur. Zoheir balaya l'air de sa main. Être suivi par la police ne l'inquiétait pas.

Il tira le frein à main. Ils étaient arrivés à El Hammamet. Ils s'apprêtaient à quitter la voiture quand Brahim les admonesta depuis la fenêtre :

— Qu'est-ce que tu fabriquais ? Ta nièce t'a réclamé tout l'après-midi. Elle s'est enfermée dans sa chambre et ne veut parler à personne d'autre que toi.

Il reconnut Zoheir et, sans le saluer, ajouta :

— Rentre, au lieu de salir le nom de papa.

Hicham tourna vers son ami un visage honteux.

— Ne te fatigue pas, lui dit Zoheir.

Et il démarra, laissant Hicham sur le seuil. L'avocat poussa le portail d'une main moite. Pourquoi ? Pourquoi lui, si sûr de lui tout à l'heure au parloir, redevenait-il ce petit garçon craintif, soucieux du jugement de son aîné dès qu'il franchissait leur porte ? Le lendemain, son nom apparaîtrait dans les journaux. Il serait identifié comme l'avocat officiel du FIS. Comment réagirait sa famille ? Son frère ? Et surtout sa mère ? Une douleur dans le crâne le fit grimacer. La migraine. Ce soir-là, Hicham n'alluma pas la lumière. Il fit ses ablutions et, toujours dans la pénombre, déroula son tapis de prière où il posa et reposa son front jusqu'à ne plus penser à rien.

Son père allait la mettre en retard s'il continuait à déblatérer. D'accord, les engagements de son frère lui déliaient la langue mais ne pourrait-on pas profiter de ta rage, papa, pour appuyer un peu plus sur le champignon ?

— Comme si Dieu avait commandé la laideur et la saleté !

Selma rit. Elle en convenait. Ces robes longues qui battaient des mollets poilus, ces claquettes en plastique portées avec d'épaisses chaussettes blanches étaient les indices d'un effort pour être répugnant.

— Bientôt ils inventeront le hadith « Des poils », poursuivit Brahim, encouragé par le rire de sa fille. Afin de proclamer le rasoir *haram*, preuve de l'existence du diable et de sa domiciliation en Occident !

Le diable... Le visage de Selma s'assombrit. Elle pensa à Sheïtane : le club ne l'avait-il pas condamné d'emblée en le baptisant du nom de Satan en arabe ? Chaque heure passée hors du centre équestre était devenue un supplice. Et si un nouvel incident se produisait ? Et s'ils envoyaient cet étalon à la trempe si singulière goûter au couteau de l'équarrisseur ?

Elle en mourrait. Non. Elle ne laisserait pas faire. Elle irait de nuit au centre équestre, elle pousserait le verrou du box et en ouvrirait grand la porte. Elle libérerait le cheval dans la forêt.

Adel et les jumeaux étaient déjà en selle lorsque la jeune femme arriva au club. Elle harnacha Sheïtane et les rejoignit. Enfin, soupirèrent-ils. Ils resserrèrent les sangles si fort que les chevaux en eurent le souffle coupé. Règle court tes étriers, nous allons sauter. Selma toisa Adel. Elle le savait bien. Pour qui se prenait-il ? Pour le chef de la promenade ? Elle se hissa sur la selle et suivit les trois garçons à travers bois. Dès que Sheïtane s'approchait trop de Prince, Selma raccourcissait les rênes. Elle ne voulait prendre aucun risque. Au moindre incident, son cheval serait vendu. Le convoi s'enfonça au petit trot dans la forêt.

L'étalon hennissait de plaisir. Après plusieurs jours de convalescence, il pouvait enfin se dégourdir les jambes. Ses pieds écrasaient des pommes de pin. L'air frais rosissait les joues de Selma. Une-deux, une-deux. À l'issue d'un virage, le premier obstacle apparut : quatre pneus de voiture plantés dans la terre. Ils galopèrent. Selma serra les jambes et Sheïtane s'envola. Ses sabots atterrirent comme dans de la gomme. Ils accélérèrent. Plus le sentier se resserrait, plus ils maniaient le couloir des rênes avec précision. Selma s'était rassise au fond de sa selle, accompagnant de ses hanches le balancier du galop. L'encolure arquée de Sheïtane basculait d'arrière en avant. Ses crins noirs voletaient. La piste était maintenant si étroite que les genoux de la jeune fille frôlaient l'écorce des chênes malades.

Des coups de feu retentirent soudain. Les bêtes s'affolèrent et envoyèrent les cavaliers au sol. Selma se releva, épousseta les aiguilles de pin accrochées à ses jambes, massa son épaule endolorie. Où était Sheïtane ? Elle aperçut le cheval non loin. Elle devait le rattraper avant qu'il ne s'enfuie dans la forêt. Non. Adel lui serra le poignet. Les tirs avaient recommencé. Les rênes de Sheïtane se prirent dans les branches. Le cheval terrifié se mit à faire de grands mouvements d'encolure pour se dégager.

Lâche-moi ! cria Selma. Adel l'enserra des deux bras et plaqua ses mains sur sa bouche. Collée à son torse, elle se débattit. Ils avaient déjà dû être repérés, que croyait-il ? Mieux valait fuir au grand galop ! Les tirs se rapprochèrent encore et Selma ferma les yeux. Allait-elle mourir ainsi, dans les bras d'Adel ?

L'un des jumeaux urina. Tous savaient que la police avait retrouvé des cadavres dans les bois. La rumeur prétendait que les islamistes se réfugiaient dans les grottes de Baïnem. Les tirs cessèrent enfin. Quand Selma rouvrit les yeux, une ombre gigantesque se dressait au-dessus d'eux.

— Sheïtane, arrête !

Les sabots de l'animal martelèrent le sol. Adel avait bondi à temps pour lui échapper. Il haletait, le visage violacé.

Ils rentrèrent en silence au galop. L'orage menaçait. Pourvu qu'il éclate, pensa Selma. Elle voulait être cinglée par la pluie, assourdie par le tonnerre. N'importe quoi, pourvu qu'elle oublie ces mots qui se répétaient dans son esprit : Sheïtane avait essayé de tuer Adel. Sheïtane allait être vendu. L'orage éclata.

De retour à l'écurie, elle sécha l'animal avec un racloir en caoutchouc. D'abondants filets d'eau s'écoulèrent sur la paille. Pourquoi, sanglota-t-elle, pourquoi as-tu cédé à ta pulsion de vengeance ? Elle jeta ses bras autour de son encolure. Le cheval laissa la jeune fille hoqueter contre son poitrail sans bouger.

Dans la voiture de sa mère, Selma tressa une mèche de crins qu'elle avait coupée dans la queue de l'animal. *Zina*, que se passe-t-il ? s'inquiéta Zyneb. Selma pleura de plus belle sans parvenir à articuler. Elle enroula la tresse autour de son poignet gauche. Il ne restait plus qu'à prier. Qui ? Elle-même ne le savait pas. Celui que tant de sanguinaires appelaient Allah ? Le Dieu de son enfance qui s'était absenté d'Algérie. Toi, le Tout-Puissant, sauve-le, je T'en conjure. Sauve mon cheval.

— *Adkika*, j'arrive ! cria Hicham à travers la lucarne de la salle de bains.

Pourquoi Zoheir était-il si pressé ? Hicham saisit une serviette soigneusement pliée par Mima sur son étagère. Il n'avait même pas pu profiter de l'eau courante. Les jours où les canalisations sifflaient étaient pourtant rares. Hicham guettait ce bruit annonciateur de douches longues, prodiguées au pommeau, pas à la casserole. Il s'observa dans le miroir. La peau de son dos s'était distendue, les muscles de son ventre affaissés. Il commença par sécher le côté droit de son corps, puis le gauche. Il se vêtit selon le même ordre. Chaussette droite puis gauche. Chaussure droite puis gauche. J'arrive ! Sans prendre la peine de donner un tour de clef dans la serrure, Hicham claqua la porte et courut. Zoheir s'était mis à écraser le klaxon. Il risquait de réveiller son frère. Mais que se passait-il donc ?

Lorsqu'ils arrivèrent à Blida, les gardes leur refusèrent l'entrée. Périmé. Vous avez bien entendu. Votre bon de visite est caduc. Le procureur militaire leur imposa une attente d'une heure dans le vestibule attenant à son bureau. Il n'y avait pas assez de chaises pour tous les avocats. Finalement, la porte s'ouvrit et l'homme apparut, laissant voir derrière lui une pièce vide. Non, il ne recevait personne. Il les avait fait attendre par plaisir. Il leur tendit une autorisation à usage unique : à renouveler chaque fois dorénavant. Les avocats se regardèrent, se demandant ce qui avait causé ce revirement.

Le capitaine de détention, également vice-directeur de la prison, les escorta jusqu'au parloir. Là, ils trouvèrent Ali Belhadj assis à une table d'écolier, la tête baissée. Hicham et Zoheir s'installèrent en face de lui. L'imam leva vers eux son visage couvert d'hématomes.

Dès les premières lueurs de l'aube, alors qu'il priait le *fadjr*, cinq gendarmes étaient entrés dans sa cellule. Ils l'avaient roué de coups jusqu'à ce que le plafond devienne blanc, puis noir puis coloré de pointillés scintillants. Ali s'était réveillé sur son tapis de prière maculé, aveuglé par le soleil. Hicham chercha un mot de réconfort mais l'imam poursuivit :

— Béni soit le Tout-Puissant de m'avoir fait imberbe, sourit-il en désignant la table d'à côté.

Abassi Madani se tenait voûté. Ses joues, rasées de force pendant la nuit, étaient lacérées sur toute leur longueur.

Ils parlèrent peu ce matin-là. Ceux qui écouteraient, plus tard, les enregistrements de la visite, n'entendraient que le frottement des feutres sur les ardoises.

Au moment des adieux, Belhadj se leva et désigna son visage couvert de bleus :

— Leur démocratie, mes frères.

À l'entrée d'Alger, un immense embouteillage s'était formé. Impossible d'avancer. Hicham alluma la radio. Le président

Chadli démissionnait! Plusieurs conducteurs, venant comme eux d'apprendre la nouvelle, se mirent à klaxonner. D'autres les rejoignirent rapidement. Zoheir ne fut pas en reste. Sous des concerts de klaxons, des camions militaires les doublèrent. Ils roulaient vite et sur la bande d'arrêt d'urgence. Les jeunes soldats qui les occupaient ne semblaient pas plus rassurés. Qu'allait-il advenir de leur pays?

Zoheir déposa Hicham devant sa porte et déclina son invitation. Voilà l'œuvre de Brahim, pensa Hicham en poussant le portail. Le séparer de ceux qui l'estiment. Mais... qu'était-ce? La porte de son appartement était grande ouverte. Il entra doucement et poussa un cri : tout avait été retourné. Son bureau gisait à l'envers, sans les pieds. Les tiroirs avaient été vidés puis jetés par terre. Des dizaines de dossiers s'étalaient sur le carrelage. Son frère en était-il arrivé à ce point de haine? Un miaulement le fit sursauter. Hicham s'accroupit et vit, sous la banquette, Mistinguet qui le fixait en tremblant, la patte arrière gauche brisée.

Le lendemain, Selma poussa la porte de la buvette d'une main résolue. Elle devait convaincre Ouahib de laisser une dernière chance à Sheïtane. Elle avait passé la nuit à affûter ses arguments. Avait-il déjà entendu parler du stress post-traumatique ? Son père était médecin. Il lui avait tout expliqué.

C'était simple. Les coups de feu avaient plongé le cheval dans un état de réminiscence menaçante. En ravivant son passé de sévices, les détonations lui avaient fait perdre la tête. N'avait-on pas trouvé du plomb dans son poitrail à son arrivée ? Et alors ? Son ancien maître, l'ivrogne, le prenait sans doute pour cible de ses séances de tir. Elle pourrait, si nécessaire, enquêter auprès des voisins.

Quant au fait qu'il s'en était pris à Adel, quoi de plus logique ? Adel était celui qui l'avait frappé. L'image de son ancien maître s'était superposée à celle du palefrenier et il s'était défendu. Comment l'en blâmer ? Ouahib voulait-il des lavettes dans sa cavalerie ? Des bêtes masochistes et malsaines ?

Cela s'appelait l'instinct de survie. La légitime défense en termes juridiques – oui, son oncle était avocat. Si l'on avait permis que Sheïtane reçoive des coups, alors on devait autoriser qu'il les rende. Du moins à celui qui les lui avait donnés. L'étalon n'aurait jamais attaqué quelqu'un d'autre. Il n'était pas mauvais.

Puis elle avait prévu d'égrainer la longue liste de ses progrès. Du point de vue comportemental comme technique. Sheïtane était doué pour le dressage. Ouahib ne pouvait pas le nier.

L'entraîneur se tenait accoudé au bar. L'épaisse peau de son visage se plissa quand il la reconnut. Désirait-elle un jus d'orange et des gaufrettes ? C'était sa tournée. Non. Merci. Les yeux de Selma brillaient de gourmandise – elle avait oublié ses dinars ce matin –, mais elle ne se laisserait pas acheter.

Pendant que Ouahib vidait sa tasse de café, elle prit une longue inspiration. Son entraîneur ne la laissa pas parler :

— Mets-lui des guêtres. Nous allons sauter.

Selma le regarda, stupéfaite. Était-ce là une dernière faveur qu'il lui concédait ? Un envol au-dessus des barres avant leurs adieux ?

— Que t'arrive-t-il ? Tu ne veux plus concourir en saut depuis que tu as découvert le dressage ?

— Mais je saute... avec Sheïtane ?

— Oui. Je veux voir ce qu'il est capable de faire. Mais je ne pense pas que tu ailles au national avec ton cheval de trait.

Selma retint la réponse acerbe qui lui démangeait la langue. L'étalon avait certes de grosses proportions mais elles devenaient aériennes quand il se mouvait. Elle mettait au défi n'importe quel équidé de sa corpulence d'exécuter des pirouettes aussi gracieuses.

— Selma ? *Raqui raqda* ce matin ? Allez, réveille-toi ! À cheval dans cinq minutes.

Elle partit trouver Adel. Le jeune homme retirait le fumier des box.

— Que me veux-tu ?

Il se balança, en appui sur sa pelle.

— Tu n'as rien dit à Ouahib ?

Ses lèvres formèrent un sourire narquois.

— Non.

Les jours passèrent. Le bonheur de Selma dépendait désormais de la générosité d'Adel. Son silence était curieux. Que mijotait-il ? Attendait-il qu'elle baisse la garde pour dénoncer le cheval ? Ou alors, l'avait-elle mal jugé ? Adel était peut-être comme Sheïtane, blessé mais pas mauvais. De toutes les voix qui devisaient dans sa cervelle, Selma ne savait plus à laquelle se fier.

Chaque jour, elle poussait la porte de l'écurie, le souffle court. Que serait-il pire ? Trouver le box de Sheïtane vide ou le voir emmené dans le camion de l'équarrisseur ? Le calme revenait dès qu'elle le trouvait immobile sur la paille. Quand il la voyait, ses yeux noirs se coloraient de reflets.

Des filaments d'eau glacée s'étiraient sur la vitre. Une intense douleur au ventre avait réveillé Selma. Elle palpa ses seins. Ils avaient gonflé. Quel enfer. Les cinq jours maudits du mois. Le début de ses règles coïncidait de surcroît avec le dernier jour des vacances scolaires. Elle vérifia qu'elle n'avait pas taché le drap puis alla dans la salle de bains.

Elle retira le film plastique qui recouvrait la partie adhésive de la serviette hygiénique puis la colla dans le fond de sa culotte. Elle détestait monter à cheval avec ce paquet de sang humide entre les cuisses, mais sa mère refusait qu'elle porte des tampons. Elle s'assit sur la cuvette et soupira. Une urine orangée coula dans la cuvette. Demain ce serait fini. Les journées entières auprès de Sheïtane. Il faudrait supporter, durant de longues heures, le manque physique de son odeur, du contact brûlant de sa robe. Rester concentrée quand, en plein cours de mathématiques, surgirait dans ses hanches le rythme palpitant de son galop. Qu'était-elle en dehors de cet amour-là ?

Zyneb frappa à la porte. Mais quoi ? Maya et ses parents venaient déjeuner. Elle était attendue pour l'aider en cuisine.

— Non.

Selma s'était dressée devant sa mère. La tresse de Zyneb frémit. Elle hésita. Elle était trop fatiguée par les cris matinaux de son mari pour risquer une nouvelle onde de colère.

— Ne me dis pas que Maya et toi n'êtes toujours pas réconciliées depuis décembre ?

Selma marmonna des mots pleins d'ambiguïté, bourrés de mauvaise foi. Elle préparait un championnat, sa mère l'avait-elle oublié ? Elle devait absolument monter.

Zyneb repartit en faisant claquer ses mules sur le sol. Elle ronchonna. La peste des tempéraments passionnés égoïstes ! Cela valait pour sa fille comme pour son mari. Selma, qui l'entendait depuis sa chambre, haussa les épaules. Elle passa son pantalon d'équitation beige, un tee-shirt, son gros pull en laine et se mit en quête de son père. Elle ne le trouva nulle part mais vit que sa voiture était toujours là. Il avait dû aller faire le marché. Un zèle nerveux prenait possession de ses parents quand ils recevaient les Hakkar. Très agaçant. D'autant plus qu'elle avait désormais l'interdiction de traverser seule la forêt. Elle s'était pourtant gardée de leur raconter ce qui lui était arrivé mais la presse avait relayé des faits encore plus effrayants. Devait-elle désobéir ? Elle risquerait d'être privée de club. Ridicules, ces adultes, avec leurs limites étroites. Plus froussards qu'elle. Elle décida de descendre chez son oncle.

— Je t'en supplie, tonton !

— Non c'est non, répondit-il d'une voix mal assurée, la main prête à rabattre la double porte en acier qu'il venait de faire installer.

Comment pouvait-elle croire qu'il allait conduire la voiture de son frère ? Après ce qu'il lui avait dit ? Après qu'il avait cherché à le mettre dehors – de chez lui, de la maison dans laquelle il avait grandi ! –, prétextant que ses activités, en plus de jeter l'opprobre sur leur famille, les mettaient en danger de mort ? Et cette question, tandis qu'il bandait la patte de Mistinguet, et devant Mima de surcroît : accepterais-tu de voir, la prochaine fois, la jambe de maman cassée à la place de celle du chat ?

Selma envoya un coup de pied dans le mur puis remonta les escaliers en courant. Elle ne supportait plus sa famille, sa vie ! Et la tronche minaudeuse de Maya à se farcir dans quelques heures. Elle resserra le bracelet de crins à son poignet. Elle s'assit à la table de la cuisine et, sur les poivrons déjà épluchés, abattit la lame du hachoir.

— *Nahi yadek!*

Maya obéit et reposa les mains sur la console. Elle observa la coiffeuse plisser ses paupières recouvertes de fard violet. La femme tira si fort sur ses cheveux que Maya grimaça de douleur. Elle aurait préféré éviter un brushing raide pour une fois, repartir du salon avec une chevelure souple et bouclée comme celle de sa cousine mais elle n'osa rien dire. Aïe! Elle protégea son oreille écarlate du sèche-cheveux.

— *Ya* mademoiselle, il faut souffrir pour être belle.

Combien de fois n'avait-elle pas entendu cette phrase imbécile? Des geysers de laque lui irritèrent les yeux. *Khmous!* s'exclama la coiffeuse en tendant cinq doigts supposés éloigner le mauvais œil. Maya ne vit pourtant aucun motif d'envie dans le miroir. Elle tapota ses cheveux : lisses à en crever d'ennui. Puis elle se releva. Elle avait envie de plonger sa tête dans un bac d'eau.

— Une éternelle insatisfaite, *intia*. Tu seras malheureuse toute ta vie.

Maya s'assit sur la banquette. Elle espérait que la coiffeuse n'ait pas en plus un talent de prophète. Avait-elle raison ? Trouverait-elle un jour un motif de satisfaction ? Devant attendre que sa mère termine son soin, elle se saisit d'un des mensuels qui traînaient sur la table. Ils étaient tous importés de France. La couverture montrait une femme en maillot de bain. Des conseils pour préparer l'été étaient prodigués en lettres capitales. Comment perdre le petit gras du ventre ou celui qui se loge autour des genoux. Elle tâta le sien pour évaluer son état : tout mou. Elle ferma les yeux avec un sourire. Elle venait de se rappeler la main qui, la veille, la caressait à cet endroit.

Une boule en plastique chauffante casquait Souad. La coiffeuse retira l'engin et Maya rit. Des mèches enrobées d'aluminium se dressaient sur sa tête. Souad ressemblait à un porc-épic géant.

Elle eut l'idée de la photographier. Elle pressa le déclencheur.

— Pose cela tout de suite !

Maya rit encore et réappuya sur le déclencheur. Sa mère se leva, et déchira le cliché instantané.

— Les photos, c'est à la sortie. Pas avant.

Maya rangea discrètement l'autre photographie dans son sac.

Les deux cousines s'assirent sur le lit de Selma et rirent de bon cœur. Ce portrait peu avantageux de Souad les soulageait inexplicablement. Mais c'était surtout la joie de s'être retrouvées qui alimentait leur rire. Elles se pressèrent tendrement la main.

Selma approuvait sans réserve le nouvel amant de sa cousine. Il s'appelait Youssef. Il s'agissait du jeune journaliste que Maya avait rencontré à la fête de Sofiane. Il était bien plus intéressant que les garçons de leur âge. Mais elle se sentait coupable : elle n'avait toujours pas rompu avec Sofiane. Et alors ? Il drague toutes tes copines. Maya ne l'avait-elle pas remarqué ? Elle fuit son regard. Si, elle le savait. À ce propos, elle se doutait qu'il ne lui avait pas raconté toute la vérité sur l'épisode de la cuisine. Non, elle ne voulait pas plus de détails. Elle s'excusait plutôt de sa méchanceté. Selma la serra dans ses bras. Pardonne-moi de t'avoir fait de la peine. J'étais ivre.

Ce qui retenait Maya avec Sofiane était l'amitié existant entre les Hakkar et les Chachouène. Les couples se connaissaient depuis le lycée. Ils s'invitaient à dîner et en vacances. Souad et Feriel étaient proches. Autrement dit, ce qui t'empêche de rompre, c'est ta mère ? Maya frémit. C'était juste. Chaque fois que Youssef avait appelé chez elle, Souad avait posé des questions acerbes au dîner. Combien de petits amis as-tu ? Comptes-tu les collectionner ? Tant pis, la coupa Selma. Tu es trop jeune pour ne pas suivre ton cœur.

Maya enroula son doigt dans les boucles brunes de Selma. Elle savait que sa cousine ne la jugerait pas. Tomber amoureux pouvait-il être *mal* ? Par ailleurs, elle n'avait revu Youssef qu'une seule fois. Elle le jurait. Le jour où il lui avait fait visiter les locaux de son journal. Quand cela ? Hier. Maya baissa la tête. Si seulement Selma pouvait imaginer l'ambiance qui règne dans une salle de rédaction.

— Et alors ?

Maya balbutia.

— Alors quoi ?

— Que s'est-il passé entre vous ?

Elle n'avait pas prévu une question aussi directe. Selma la scrutait.

— Des baisers..., concéda-t-elle, rougissante. Et un peu plus.

Cet après-midi-là, dans la voiture qui la menait au centre équestre, Selma s'interrogea : la sexualité était-elle si réjouissante que Maya le racontait ? Ou fallait-il être amoureux pour cela ? Et si on ne l'était pas, ne risquait-on pas de le devenir à échanger autant de fluides ? Faire l'amour... Cela signifiait bien que ce sentiment se fabriquait sous les draps. Prudence. Si elle s'y essayait avec la mauvaise personne, elle ne pourrait plus s'en détacher. Elle connaissait son caractère entier. Adel était-il mauvais ?

— Monte ta vitre !

Il y avait de la peur dans la voix de Brahim. Il verrouilla les portières. Selma obéit. Un barrage inhabituel dans la forêt, qui plus est à cette heure, leur coupait la route. Les voitures devant eux ralentirent. Il pouvait s'agir de vrais militaires, de soldats de l'État qui contrôleraient les véhicules, ou bien de terroristes ayant revêtu des treillis pour les piéger. Les faux barrages se multipliaient, surtout en dehors d'Alger.

— Couvre-toi, lui dit Brahim en lui jetant son écharpe.

Selma se confectionna un voile de fortune puis regarda ses cuisses. Brahim et elle échangèrent un regard anxieux : elles étaient trop visibles, moulées par sa culotte beige clair. Comment les masquer ? Brahim sortit en courant de la voiture, ouvrit le coffre, le referma et revint avec une couverture. Selma la posa sur ses genoux. Les voitures avançaient au compte-gouttes. Leur tour arrivait.

— Papa, ton chewing-gum.

Il le colla vite au fond du cendrier. Brahim montra ses papiers et fut autorisé à passer. Selma et lui soupirèrent. La jeune fille se retourna. Elle ne pouvait détacher ses yeux d'un soldat qui devait avoir son âge. Son fusil tremblait dans ses mains. Brahim accéléra sur la route aux pins et ouvrit les vitres. L'air de la forêt les revigora.

Une fois à l'écurie, Selma vit qu'une botte de foin gisait devant le box de Sheïtane. Le cheval, affamé, tentait de se nourrir en étirant son encolure par-dessus la porte. Selma accourut, dispersa le fourrage dans sa mangeoire. Pourquoi les palefreniers ne l'avaient-ils pas servi comme les autres ? L'avaient-ils fait exprès ? Sheïtane était sale. De la boue s'était incrustée dans sa robe. Quelqu'un l'avait monté ce matin. Quelqu'un qui n'avait pas pris la peine de le laver. Elle l'étrilla. Dehors le vent sifflait, dispersant les plots en plastique à travers la carrière.

Elle revint de la sellerie, la selle sur le bras, la bride à l'épaule. Adel se tenait devant le box.

— Ne t'es-tu jamais demandé pourquoi je n'ai rien dit à Ouahib ?

Il détailla sa bouche, le renflement charnu en son centre.

— Pourquoi ? l'interrogea-t-elle en coupant sa respiration.

— Pour que tu m'embrasses.

La jeune fille sentit son bassin se figer et son ventre devenir brûlant.

— Viens.

Adel lui prit la main et l'attira dans un box vide. Là, tandis que le bras de Selma ployait sous le harnachement, il la poussa contre le mur, se pressa contre elle, l'embrassa. La selle et la bride s'écrasèrent sur la paille. Le mors cliqueta sous leurs talons ambulants. Selma ignorait tout de l'art des baisers, du sens de rotation des langues, du tempo nécessaire des respirations. Elle s'abandonna avec l'intuition du plaisir de la chair et son don pour l'intimité.

Il n'y eut plus de balade. Le centre équestre décréta l'arrêt des randonnées de loisir. Les Algérois cessèrent peu à peu de fréquenter la forêt. Les gargotes fermèrent. Comme dans un conte, les mauvaises herbes grimpèrent sur les chaises et les tables laissées à l'abandon. Seuls les cavaliers expérimentés conservèrent le droit de galoper dans le bois. Des promenades brèves, dans un périmètre restreint. Un prétexte utile à Adel et à Selma avides d'explorer secrètement leur désir.

Un après-midi printanier, le premier où ils pouvaient monter bras nus, Adel proposa le parcours de chasse. Sheïtane dansait d'excitation sur le sentier. Il hennissait, libre de trotter sans courber l'encolure, sans plier son corps massif à chaque angle de carrière. Fini l'inlassable répétition du même tour sur le sable. La terre molle s'accrochait à ses sabots. Il expirait bruyamment. Adel lâcha un peu de bride à son demi-selle tempétueux et ils partirent au galop. Les grappes de fleurs jaunes vacillaient à leur passage, envoyant des nuées de pollen.

Ils franchirent les obstacles debout sur leurs étriers réglés court. À chaque réception, la monture d'Adel s'emballait, tentant de prendre le mors aux dents au moyen de violents coups de tête. Adel la contenait.

Arriva la *tabla* que Selma n'avait jamais sautée. Un oxer formé par une table de pique-nique recouverte d'orties. Adel se positionna en suspension, souple sur ses chevilles. Il talonna. Son cheval plana. Les feuilles velues rasèrent le ventre de l'animal. Selma contourna prudemment l'obstacle.

— Saute !

Adel la fixait durement. Non. Sheïtane était doué pour le dressage mais il n'avait pas les capacités d'un selle français pour se déployer dans les airs. Il lui faudrait encore de l'entraînement avant de franchir un oxer de cette envergure. Si elle le poussait, il pilerait au dernier moment. Ou bien pire encore, il lui ferait confiance : il obéirait et il se blesserait.

— Je te dis de sauter.

Selma observa les traits d'Adel modifiés. L'entrebâillement de ses lèvres, le froncement cajoleur de son nez avaient laissé place à une tension palpitante des narines.

— Si tu ne sautes pas, ce n'est pas à cause de lui mais de toi. Tu as les jetons.

Elle, avoir peur ? Les dimensions de l'obstacle l'impressionnaient, certes, mais elle n'était pas une peureuse. Elle rebroussa chemin, se positionna face à l'obstacle puis s'élança dans un galop énergique. Sa nuque était raide, ses mains, très avancées sur l'encolure pour laisser toute latitude à Sheïtane.

À l'approche de l'oxer, les oreilles du cheval s'affolèrent. N'allait-elle lui donner aucun contrordre ? L'étalon, talonné, accéléra autant qu'il put. Selma serra les mollets et ferma les yeux. Sheïtane s'arrêta net, propulsant sa cavalière dans les airs.

Selma s'écrasa sur la table sur le dos. Les orties brûlèrent ses bras nus. Elle fixa le losange de ciel bleu au-dessus d'elle en gémissant.

Adel sauta à terre. Il examina les cloques rouges qui apparaissaient sur le cou de la jeune femme, plongea ses mains dans les orties, l'attrapa par la taille et la redressa. Selma resta un instant assise sur le bord de la table. Sheïtane était resté libre. Si elle ne le rattrapait pas, il risquait d'attaquer Adel à nouveau. Selma se releva et remonta en selle. Elle ne voulait pas montrer sa souffrance à Adel. Elle se tâta le dos discrètement tandis qu'ils marchaient au pas. Les griffures étaient profondes. Et elle aurait voulu se rouler dans la terre pour apaiser la brûlure.

— Tu vis juste là, n'est-ce pas ?

Elle montra les maisons derrière les arbres. Adel ne répondit pas.

— Emmène-moi. J'ai soif. Et j'ai mal.

Adel resta silencieux.

— Et je me fiche que tu ne sois pas riche !

Le visage du jeune homme se tordit.

— Suis-moi.

Un caroubier marquait l'entrée de Sidi Youcef. Il était âgé. Selma pouvait le deviner à la circonférence de son tronc, aux nœuds que formaient ses branches. Son feuillage vert foncé laissait entrevoir une dizaine de visages rieurs : des petits garçons qui les regardaient en se moquant d'eux. Ils sautèrent à terre et firent une ronde. Ils se mirent à siffler. Adel avec une fille ! Adel amoureux ! Allez-vous-en ! Le jeune homme leva sa cravache et les enfants s'enfuirent, imprimant des baisers sonores dans les airs. Selma attacha Sheïtane à l'une des branches. Le cheval avala une gousse de caroube.

Ya Rabi! La mère d'Adel leur avait ouvert la porte. Un fichu coloré recouvrait sa chevelure. Le tissu tenait grâce à une agrafe sur le cou. Selma trouva immédiatement Hakima sympathique. Après quelques explications, Adel fit entrer Selma. Il resta à l'extérieur. Allait-il l'abandonner à son arabe hésitant ? Hakima saisit un jerrican et lui servit un verre d'eau. Assieds-toi, *binti.* Je reviens. Elle monta l'escalier. Selma profita de son absence pour observer l'intérieur rudimentaire de la maison. Une table en bois plaqué monté sur des pieds métalliques très fins. Une ampoule nue au plafond. Un poste de télévision à antenne dangereusement posé sur un tabouret en plastique. Hakima revint avec un linge trempé dont elle tamponna les bras et le cou de la jeune fille. Puis elle lui demanda la permission de soulever son tee-shirt et lui nettoya le dos. Selma serra les dents. *Saha.* Elle se leva mais Hakima se vexa. Voyons, on ne quittait pas son foyer le ventre vide. Elle venait de préparer des *sfendjes.* Selma hésita. Sur le palier, Adel affichait une attitude hostile. Seulement voilà : elle adorait ces beignets interdits chez elle sous prétexte qu'ils étaient trop gras. Elle accepta l'invitation. Hakima troua de son pouce les boules de pâte fraîche et les jeta dans l'huile crépitante. En quelques minutes, de grands anneaux dorés emplirent la poêle. Hakima les épongea, puis les saupoudra de sucre avant de les servir. Selma mordit dans un beignet brûlant en fermant les yeux. Soudain la boucle de sa guêtre se défit. Une petite fille qui l'observait d'un air effronté venait de tirer dessus. Ses bonnes joues disparaissaient sous un parapluie de cheveux frisés. Aïcha, remonte faire la sieste ! L'enfant s'accrocha à la robe de sa mère. Non. Les marches en bois grincèrent. Également alléchée par l'odeur de friture, une vieille dame descendait. Ses sourcils étaient teints au henné. Elle avançait, agrippée à la rampe. Jida ! s'écria Aïcha en se jetant dans les bras de sa grand-mère. Jida échangea un sourire timide avec Selma.

Sur le trajet du retour, Adel ne répondit à aucun des commentaires, pourtant élogieux, de Selma sur sa famille. Une fois au centre équestre, il l'évita.

Chez elle, Selma perçut la voix de son oncle dans la cuisine. Il discutait avec sa mère et sa grand-mère. Des mois qu'il n'était pas monté chez eux.

— Mais ils vont t'enfermer toi aussi, *ya ouldi* !

Les lèvres de Mima palpitèrent sur son dentier.

— Retire-toi ! Retire-toi de la défense de l'imam tant qu'il en est encore temps !

Hicham baissa ses paupières et fixa le journal resté ouvert sur la table.

— Selma !

La jeune fille sursauta. Elle avait tenté de se servir un verre de lait caillé discrètement, sans attirer l'attention sur elle, sur sa culotte d'équitation maculée de terre, sur les déchirures de son tee-shirt et les cloques qui parsemaient sa peau.

— Je suis tombée.

Mima gémit en détaillant ses blessures. Selma se saisit du sac en plastique noir qui contenait le labane. Elle le posa avec précaution sur la table et jeta un coup d'œil au titre du journal : « La Ligue algérienne de défense des droits de l'homme dénonce l'envoi de cinq à dix mille personnes dans les camps du Sahara. » Elle se pencha davantage pour lire l'encart : « Dans ces camps, les islamistes s'organisent et nomment des émirs. »

— Selma ! hurla Zyneb.

Le sac noir s'était déchiré. Le petit-lait s'était répandu sur le carrelage. Mistinguet, plâtré, accourait en claudiquant. Tandis que le chat lapait, Mima releva la tête. Ses yeux fatigués allèrent de Hicham à Selma, qui avait commencé à nettoyer. Mima paraissait si vieille soudainement.

— Votre goût du danger me tuera.

Ce jour-là, des policiers étaient venus rendre visite à Hicham. Un simple avertissement mais que faire ? Se laisser intimider ?

— Sûrement pas ! s'écria Hicham tandis que Selma le raccompagnait chez lui en tenant Mistinguet dans les bras. Ce n'est pas le FIS que je défends mais notre liberté d'opinion, la démocratie !

L'hypocrite. Selma réprima son agacement. Elle ne supportait plus la langue de bois de son oncle.

— Alors que vas-tu faire ?

— Je suis estampillé FIS de toute façon. Je n'ai plus le choix. Il ne me reste plus qu'à prier Allah de nous mener à la victoire.

Hicham ne se retira pas de la défense des sept dirigeants de l'ex-Front islamique du salut. Zoheir n'eut pas à dépenser cinq minutes de salive. Des doutes tout à fait légitimes, certes : seuls les imbéciles ne perçoivent pas le danger. Mais s'engager réclamait du courage. D'autant que ce procès resterait dans les annales. Ne voulait-il pas inscrire, lui, Hicham Bensaïd, son nom dans les livres ? Vivre une existence qui compte ? Et cette date ! Parlons-en, juillet 1992, presque trente ans jour pour jour après le référendum qui avait octroyé à l'Algérie son indépendance. Croyait-il au hasard ? Ne voyait-il pas Sa main ? Dieu qui les guidait dans les pas de leurs ancêtres.

Le procès d'Ali Belhadj, Abassi Madani et des cinq autres dirigeants du FIS dissous devait se tenir au tribunal militaire de Blida. Ils étaient accusés d'atteinte à la sûreté de l'État et à l'économie nationale. En audience préliminaire, le procureur militaire réclama la peine capitale. Les heurts – incendies de bâtiments publics, attaques de voitures de police au cocktail Molotov, fusillades, égorgements – se multipliaient dans le pays et risquaient d'influencer le verdict.

Les sept inculpés ne revendiquaient pas ces actes criminels, mais ils refusaient de les condamner. Après l'annulation des élections et la démission du président Chadli au profit d'un Haut Comité d'État, le FIS avait crié au coup d'État. Leur parti fut dissous. Apparut alors une nouvelle entité : le Mouvement islamique armé. Était-ce leur faute si le peuple se rebellait ? Allait-on leur reprocher d'être aimé et compris par lui ? D'en être issu, à l'inverse des généraux qui les dirigeaient ? Ah, si seulement ils les avaient laissés gouverner. Ils auraient contenu les poings trop frénétiques, les esprits échevelés. Désormais, il était trop tard. Tuez-moi, hurla Belhadj, abattez-moi sur-le-champ si vous y tenez ! Et, tandis qu'il exposait son torse aux balles imaginaires, les journalistes grattaient les pages de leur calepin.

Pour Belhadj, mais aussi pour Hicham, pour Zoheir et pour beaucoup d'autres, l'Algérie était entrée dans une guerre qu'ils pouvaient gagner. Délogeraient-ils ce pouvoir si solidement arrimé à ses gisements, à ses puits de pétrole dans le Sahara, à sa mainmise commerciale sans partage ? Ils y mettraient toutes leurs forces. Les gardes écoutèrent la diatribe de Belhadj avant de le frapper. Les avocats arguèrent de ses blessures pour exiger la présence d'observateurs étrangers au procès.

Je ne crains pas la mort. Penché sur sa table d'écolier, Ali écarquilla les yeux. Son index monta vers le plafond. Je vis pour Sa gloire. Hicham acquiesça. Il se sentait désormais plus à l'aise avec lui. Sa honte s'était envolée ce jour où ils s'étaient retrouvés seuls, sans Zoheir, et avaient échangé des confidences. Ne sois pas gêné d'être francophone de naissance, lui avait glissé Belhadj. Ma propre mère, qu'Allah la garde, me parlait cette langue impie. L'important est de ne plus en prononcer une syllabe.

Ali était comme lui : orphelin. Son père était un *chahid*, un martyr de l'indépendance mais il avait en plus perdu sa mère à neuf ans. Il avait ensuite été élevé par son oncle à Alger, dans le quartier populaire de Kouba. Des moyens modestes mais un respect immense pour le savoir. Après une adolescence turbulente, qui l'avait fait échouer au baccalauréat, il s'était assagi, illuminé par Sa puissance. Ali était devenu professeur des écoles. À vingt ans, il fit son premier prêche. De ses débuts à la mosquée El Achour, il était reconnaissant en particulier d'une chose : la rencontre avec Mustapha Bouyali. Le précurseur, le chef du premier maquis islamiste, abattu par l'État dans une embuscade en 1987. Bouyali était un croyant immense dont l'esprit le guidait encore. Belhadj avait prononcé plusieurs fatwas en sa faveur. Elles lui avaient valu ses toutes premières arrestations et cette certitude qu'ici-bas il n'y avait de voie musulmane que dans la rébellion.

Hicham sentit sa poitrine vibrer. Il raconta à l'imam l'accident où son père était mort. Ces détails, ressassés, qu'il n'avait jamais révélés à personne.

Belhadj plissa le front. *Allah y rahmou*. Hicham cligna des yeux. Il voulait le remercier de sa bénédiction mais il ne put parler : il était au bord des larmes. Ali lui enserra le poignet et reprit le cours de leur discussion juridique, accroché à lui.

Le soir, en rangeant ses dossiers dans son coffre-fort, Hicham remarqua les marques violacées sur sa peau.

Les doigts d'Ali. Parler avec lui l'avait soulagé d'un poids immense. Quelle injustice que ce grand homme croupisse là depuis un an, sans autre visiteur que ses avocats et sa famille. De la *hogra* pure.

Mistinguet miaula. Il exigeait sa part de la côtelette qui grillait dans la poêle. Hicham l'attrapa et caressa son pelage roux. Sa patte était restée fragile après le retrait du plâtre. Qui t'a blessé, mon petit chat ? Hicham était persuadé que la police s'était introduite chez lui ce jour-là. Zoheir accusait Brahim de dénonciation, pour Hicham c'était impossible. Son frère était colérique, il haïssait le FIS, mais il n'aurait jamais laissé quiconque toucher à un poil du félin.

Quelques jours avant l'ouverture officielle du procès, Zoheir sonna à la porte. La transpiration dessinait des auréoles sur sa chemise. Ils devaient se hâter. Il fallait rédiger leurs conclusions et plusieurs modèles de communiqués à diffuser, en fonction des réquisitoires du procureur, dans la presse nationale, internationale et auprès des ONG.

Les deux hommes s'installèrent au même bureau. La chaleur les tassait sur leur chaise. Hicham proposa de préparer du thé à la menthe. Il le servit avec des *kaaks* de Mima. Ils commencèrent à travailler. Ils tournaient les pages, soupiraient, suaient. Les biscuits secs se disloquaient dans les verres où ils trempaient trop longtemps. Hicham releva la tête. La barbe de Zoheir était pleine de miettes jaunes et grosses comme des lentes. Il se moqua.

À midi, la chaleur devint insupportable. Pour se prémunir des oreilles indiscrètes, Hicham avait fermé les deux portes et toutes les fenêtres. On étouffe, *khouïa*.

Hicham se leva. Pas question de monter prendre le

ventilateur tant que son frère était présent. Il rouvrit la porte avant et la porte arrière de son appartement. Le courant d'air emporta les feuilles de leur dossier. En cherchant à les rattraper, Zoheir renversa son verre de thé. *Smahli*, s'excusa-t-il. Il épongea.

Le soleil atteignit son zénith. L'appel à la prière de *dhur* retentit. Hicham et Zoheir entrèrent dans la salle de bains et, pieds nus dans le grand bassin carrelé, y firent leurs ablutions. Hicham arrosa d'un filet d'eau ses orteils, frotta la peau fine qui les reliait. Existait-il plus grande paix de l'âme et du corps ?

Bénis soient juillet et août. Selma allait enfin vivre la vraie vie. Ses camarades ne la comprenaient décidément pas. Comment pouvait-elle s'encroûter ici tout l'été, monter quatre heures le matin puis quatre heures le soir sans se lasser, suffoquer tout l'après-midi dans l'odeur de fumier, gaspiller ses vacances dans une ville côtière qui possédait des plages encore moins accueillantes pour les jeunes filles que ses rues ?

L'étonnement était double cette année : Maya ? Elle devait l'aimer follement, son journaliste, pour le préférer à Majorque, à ses criques accessibles en pédalo, au charme de sa vieille ville pavée. Pourquoi ne pas emmener Youssef avec toi ? lui demandèrent ses copines. Elles étaient excitées à l'idée de rencontrer de beaux Espagnols, des Italiens ou même quelques Algériens exilés à Paris, dans les boîtes de nuit du Paseo Maritimo.

Elles n'auraient pas pu imaginer les stratagèmes déployés par Maya pour rester à Alger sans ses parents. Souad avait été la plus rétive. Avec qui se ferait-elle les ongles sur la terrasse de leur appartement ? Qui l'accompagnerait manger des sorbets au milieu des yachts du port d'Andratx ? Sa fille lui manquerait mais puisqu'elle préférait passer l'été chez Selma et que Brahim comme Charef y consentaient, puisqu'elle s'était trouvé ce stage au journal qui la rendait si heureuse, alors c'était d'accord.

Les potins allaient bon train concernant la jeune Hakkar. Le jour même de sa rupture avec Sofiane, Youssef l'attendait à la sortie du lycée. Une scène qui s'était répétée tous les soirs. Sofiane feignait l'indifférence. Il détournait les yeux quand Maya montait dans la Golf grise. Au reste de la classe, il avait prétendu avoir désiré autant qu'elle la séparation. Et pour le prouver il enchaînait les conquêtes. Qu'avaient bien pu faire Youssef et Maya sur les sièges ? Si la question était posée devant lui, il répondait : Rien, Maya est frigide. Les jalouses riaient fort mais personne ne le croyait.

Un matin, il croisa Selma dans un couloir vide.

— Tu devrais te méfier de ta cousine.

— Parce qu'elle pourrait mentir et m'insulter devant toute la classe ?

— J'étais hors de moi. Tu m'attirais.

Les garçons avaient changé d'attitude avec Selma. Elle le remarquait en cours à leurs sourires. Elle le comprenait en plein contrôle lorsqu'elle relevait son visage rougi par l'effort et surprenait un regard furtif. Les filles aussi la détaillaient. Quelque chose de mystérieux rendait la jeune Bensaïd séduisante. Cela allait au-delà des changements facilement perceptibles. L'épilation de ses sourcils, par exemple, deux arcs magnifiques qui s'étiraient sur son front. La disparition de ce duvet qui rendait ses petites lèvres charnues appétissantes. Quelque chose dans sa démarche, sa manière de lever le bras en classe, de se laisser choir sur sa chaise, aimantait les regards.

Aux toilettes, certaines filles la coincèrent pour la questionner. As-tu un petit ami ? Dis-nous qui. Selma résista. Elle avait appris à mentir pour être libre. Maya était la seule confidente de son histoire avec Adel. Elle avait juré de garder le secret. Les parents de Selma n'étaient pas comme les siens. S'ils l'apprenaient, ils l'obligeraient à changer de club. Elle serait séparée du jeune homme et, surtout, de Sheïtane.

— On galope.

— Non, Adel, il fait trop chaud.

— Mais Ouahib va finir par alerter la police. Il est quinze heures !

— Non !

— On galope ou je vais être renvoyé.

Selma se renfrogna. Elle ne supportait plus son ton menaçant. Dans une minute, si elle n'obtempérait pas, il lui cracherait à la figure sa condition de bourgeoise, de richarde exemptée de l'obligation de gagner sa vie. Parlementer avec lui l'épuisait. D'autant que cette nuit elle avait peu dormi. Maya n'avait cessé de bavarder, excitée à l'idée d'accompagner Youssef suivre le président en déplacement.

Adel ne pouvait-il pas pour une fois, une seule, se ranger à son avis sans l'agresser ? Les chevaux étaient déshydratés. Avait-il du crottin dans les yeux ? Les pousser davantage les tuerait. Croyait-il que Ouahib lui pardonnerait d'avoir laissé son demi-selle favori, le futur champion de la saison, s'écrouler dans les bois ?

Regarde ! La langue de l'alezan pendait. Son nez déblayait, à chaque expiration, un nuage d'aiguilles de pin. Le jeune homme tempêta. Il refusait d'être renvoyé à cause d'elle, à cause de sa lenteur à le faire jouir avec sa main – quand se donnerait-elle à lui pour de bon ? –, à cause du pique-nique qu'elle avait emporté, deux sandwichs de cervelle de mouton, certes délicieux, mais qui avaient dû alerter ses parents. Il ne voulait pas de problèmes avec Brahim. Comment réagirait-il s'il découvrait leur relation ? Il pourrait exiger son renvoi. Selma mentit. Elle prétendit avoir préparé elle-même leur repas. Elle se garda d'avouer la complicité de Mima et cette phrase pudiquement lancée par la vieille dame : j'ai rencontré ton grand-père au même âge.

Adel, furieux, talonna jusqu'à ce que sa monture s'élance au trot. Le cheval avança quelques mètres avant de repasser au pas. Adel le fouetta. Allez ! L'alezan vacilla mais n'accéléra pas.

Tu vas l'achever ! Selma s'était dressée sur ses étriers. Il fallait lui donner à boire immédiatement. Il devait la croire. Elle avait appris des notions de médecine équine pour passer l'examen du second degré. Le jeune homme s'emporta. Quand allait-elle cesser d'user d'arguments d'autorité avec lui ? De se rengorger de sa science ? Il s'agissait seulement d'observation, rétorqua-t-elle. Regarde, Sheïtane aussi menace de s'effondrer.

Adel avait parfaitement saisi la suggestion de la jeune fille. Leur balade les avait conduits près de son village. Il suffisait d'un bref détour pour rejoindre Sidi Youcef, abreuver les chevaux puis repartir avant que Ouahib n'alerte la police. Les disparitions s'étaient multipliées dans la forêt.

— D'accord mais tu m'attends près du caroubier.

Selma réprima un sourire. Elle allait enfin retourner à Sidi Youcef, revoir Adel dans son environnement.

À l'entrée du village, un attroupement inhabituel s'était formé. Les plus vieux s'étaient assis à l'ombre. Ils regardaient de jeunes garçons au crâne rasé crier de joie. À quelques mètres, plusieurs parents, dont ceux d'Adel, discutaient à voix basse. Aïcha accourut.

— Deux balles dans le dos, une balle dans la tête!

Elle se balança d'une jambe sur l'autre en répétant sa phrase, fière d'elle.

— Quoi? Qui a tiré? Sur qui?

Adel sauta à terre et fendit le groupe qui commençait à se disperser. Seuls les garçons restèrent, brandissant le poing, grondant : Libérez, libérez les otages! Libérez, libérez Madani et Belhadj! Les vieillards se levèrent. Leurs cannes trouaient le sable. Les parents rappelèrent leurs enfants.

— Que s'est-il passé? demanda Adel à Salim, l'un des jeunes.

— Le président de la République est mort.

Des pétards éclatèrent. Les portes se fermèrent une à une. Quelques mains apparurent aux fenêtres pour tirer les volets. Aïcha! cria Hakima depuis leur seuil. Elle entraîna sa petite fille à l'intérieur.

Sur le chemin du retour, la langue d'Adel se délia. Pour la première fois, il parla à Selma de ces jeunes avec qui il avait grandi. Salim sortait tout juste de prison. Il y avait passé six mois pour trouble à l'ordre public après sa participation à des manifestations. Il y avait été torturé tous les jours. Selma le pressa. Maya suivait Mohamed Boudiaf en reportage ce jour-là. Était-elle près de lui quand il avait été tué? Ils poussèrent leurs chevaux au grand galop. Selma devait appeler le journal.

Le ventilateur froissait les poils du tapis. Hicham et Zoheir priaient en rythme. Ils se voûtaient et se prosternaient ensemble, psalmodiaient puis s'agenouillaient, dessinant de leur index de minuscules cercles dans l'air. *Altahiyatou lilah*... Rien ne les perturbait. Ni les hirondeaux affamés qui piaillaient au coin de la fenêtre, ni le téléphone qui sonnait sans arrêt. Vint le *taslîm*, la dernière salutation rituelle récitée deux fois, la première en tournant la tête à droite puis une seconde fois à gauche. Ils se relevèrent, repliant soigneusement leur rectangle de tissu. Hicham avait l'impression de flotter. Le monde avait pris une consistance molle et caressante.

— Tu devrais répondre, frère.

Le téléphone sonnait toujours. Hicham décrocha et ses lèvres s'entrouvrirent. Zoheir lui secoua le bras. Que se passait-il ? Hicham raccrocha. Mohamed Boudiaf s'était fait assassiner pendant son discours à Annaba, à plusieurs centaines de kilomètres de la capitale. L'assaillant était vêtu de l'uniforme des forces de sécurité. Il s'était glissé sur scène derrière lui et avait vidé son chargeur dans son dos puis sur sa nuque grisonnante. Les deux hommes allumèrent la télévision. Les automitrailleuses entraient dans Alger.

Boudiaf n'aurait jamais dû rentrer de son exil marocain, pensa Brahim, étendu sur la banquette aux broderies dorées. Il fumait. Ses pommettes hautes avaient bruni dès les premiers jours d'été. Il essuya le coin de son œil et regarda son doigt scintiller. D'où lui venait cette tristesse ? N'était-il pas absurde de pleurer un être dont il n'avait jamais serré la main ? Ou bien était-ce parce que la mort de Boudiaf lui rappelait celle de son propre père, Si Smaïl, qui appartenait à la même génération de combattants du FLN ? Au fond, ce qu'il regrettait, c'est ce qu'emportait Boudiaf dans la tombe : les derniers espoirs de conciliation. Cet ancien combattant du FLN, exilé au Maroc depuis vingt-huit ans en raison de son opposition au régime mis en place après l'indépendance, apparaissait comme un homme neuf, extérieur aux conflits et à la corruption du pouvoir. Il venait de lancer son propre parti, le Rassemblement patriotique national.

Aussi, quand Brahim entendit par la fenêtre Zoheir crier au téléphone, il n'y tint plus. Il descendit la volée de marches de ciment et entra chez son frère. Les deux hommes étaient assis face à deux assiettes d'espadon en sauce cuisiné par Mima. Zoheir se tenait dos à la porte. Il avait coincé le combiné entre son oreille et son épaule. Il lisait un texte à voix haute.

— Assassins..., murmura Brahim d'une voix glacée.

Zoheir retourna alors son visage grassouillet et le salua. Que la paix soit sur toi, mon frère. Puis il reprit sa lecture.

Brahim s'approcha brusquement. Hicham bondit. Que veux-tu ?

— Comment peux-tu être avec eux, toi, mon frère, la chair de ma chair ?

Hicham bredouilla et Zoheir couvrit de sa main le micro du téléphone pour répondre à sa place :

— Boudiaf était un impie. Pour instaurer Son règne, toutes les voies sont licites.

Brahim se pencha au-dessus de son épaule et cracha dans son assiette.

— Mange. C'est un *kafir* qui a acheté ce poisson.

De retour chez lui, il se saisit du cendrier en verre et le brisa sur le carrelage.

L'été, l'automne puis l'hiver passèrent. Adel devint fuyant et versatile. Leurs étreintes se firent rares. Selma les espérait sans cesse.

Pour Sheïtane, elle se sentait désormais soulagée. Sa sixième place au championnat national de dressage le classait au rang des espoirs. Le club ne se séparerait pas de lui ou alors, moyennant une coquette somme.

Elle avait sauvé l'étalon, restait le jeune homme. Un pli était apparu à la jonction des sourcils d'Adel. Un soir, elle le surprit dans la sellerie. Il s'emporta. L'espionnait-elle ? Selma montra le pot d'onguent dans ses mains. La porte de l'armoire à pharmacie était ouverte. Un sac grand ouvert reposait sur le sol.

— Ferme la porte.

Elle obéit et la sellerie devint sombre. Adel lui montra l'intérieur du sac : des médicaments. Sa contribution au maquis. Tout le village devait payer l'impôt.

— Et si tu refuses ?

Adel traça un arc de cercle à la naissance de sa gorge.

Selma écarquilla les yeux et Adel se fâcha. Dans quel monde vivait-elle ? L'Algérie ne se résumait pas aux murs ouatés de sa maison d'El Hammamet. Les zones les plus populaires étaient désormais tenues par le Groupe islamique armé. Il suffisait que le mot *khaddaa*, traître, traîne sur les lèvres pour coûter à l'accusé sa jugulaire. Parfois, ils coupaient le nez aussi, en signe d'indignité. Selma ne dit plus rien.

Un après-midi où elle ne trouvait Adel nulle part, elle se décida à se rendre jusqu'à son village. Elle supplia Ouahib de la laisser balader Sheïtane en forêt avant leur reprise. L'entraîneur céda. Pas au-delà des gargotes fermées, alors. Pas plus de vingt minutes. Selma poussa sa monture au grand galop. L'étalon haleta jusqu'à ce que, derrière les troncs longilignes et rugueux, apparaissent les toits de Sidi Youcef.

La placette était vide. Les portes et les volets étaient fermés. Une femme hurla.

— Tu es folle.

Adel l'attira dans l'entrebâillement de la porte et tira le verrou derrière elle. Il n'y avait pas de lumière dans la maison. L'obscurité faisait plisser les yeux de Jida. Hakima berçait Aïcha sur ses genoux. Soudain, un autre hurlement se fit entendre. Selma imita Adel : elle colla son œil au volet. Un groupe de cinq jeunes gens portant des *machouchas*, des fusils à canon scié, se dirigeait vers l'une des maisonnettes. Ils s'y engouffrèrent. Ils en ressortirent vite, tenant par le bras une jeune femme aux yeux rougis, à la robe déchirée. La sœur de Soheib, chuchota Adel. Son ami d'enfance. Ils avaient été circoncis en même temps et avaient partagé leur première *tamina*, ce dessert de semoule au beurre et au miel que détestait Selma. Soheib venait d'intégrer une école de police. Alors les terroristes se vengeaient sur sa sœur. Où l'emmenaient-ils ? Au maquis. Elle servirait d'esclave sexuelle jusqu'à ce qu'ils se lassent d'elle. Depuis quelques semaines, le GIA, comme s'appelait cette constellation de *djamaates*, de groupuscules plus ou moins coordonnés, avait émis une fatwa autorisant à « tuer les agents du pouvoir quels qu'ils soient, sans faire preuve de clémence à l'égard des pères de famille, des personnes âgées ni des femmes ». C'était la première fois que Selma voyait Adel pleurer.

L'hémorragie commença. Ceux qui le pouvaient quittèrent le pays. Certains camarades de Selma disparurent du jour au lendemain. Leurs parents avaient reçu des menaces et fait leurs bagages dans l'heure. D'autres avaient échappé de peu à un attentat. D'autres, encore, avaient simplement entendu des terroristes en cavale sur leur terrasse. Quand des adieux avaient lieu, ils étaient déchirants. Les lycéens étaient amis depuis l'enfance. Ils se promettaient de se retrouver à Paris. Personne ne parlait d'exil. On partait le temps que cela se tasse. Éloignement temporaire était le vocabulaire de mise. Les familles emportaient des valises légères. Nul ne croyait que durerait cette guerre sans nom.

Les Hakkar avaient prévu de déménager à la fin de l'été, après les épreuves du baccalauréat de français et les travaux dans leur nouvel appartement parisien. Selma comptait les jours qui lui restaient à passer avec sa cousine. Avec qui discuterait-elle durant les récréations et les pauses déjeuner ? Qui déclencherait, en plein cours, ces fous rires qui lui valaient la porte ?

Maya refusait de partir. Elle protestait tous les jours, claquait les portes puis les rouvrait pour exhiber ses sanglots. Comme sa mère était ridicule. À sursauter au moindre bruit de détonation lointaine. À s'enfermer dans la salle de bains si le chien aboyait trop longtemps. À faire la tournée des serrures du matin au soir, et parfois même la nuit quand sa fièvre vérificatrice l'empêchait de dormir. Leur villa était devenue une cage d'acier. Les barreaux empêchaient l'accès à toutes les fenêtres. Les portes d'entrée, ainsi que celles qui donnaient sur les balcons, avaient été doublées. Des pics acérés surmontaient les murs en chaux et le portail vert.

Pourquoi Maya et son père devaient-ils se plier aux angoisses de Souad ? Elle n'avait qu'à partir seule si elle le souhaitait. Yanis l'avait bien fait, un an plus tôt, lorsqu'il était devenu étudiant. Puisque Charef continuerait à travailler en Algérie, puisqu'il devrait aller et venir entre Alger et Paris, pourquoi Maya ne resterait-elle pas ici avec lui ?

Elle les menaçait : plus que sept mois pour qu'elle soit majeure. Alors elle reviendrait. Ils verraient. Pour quoi faire, pour mourir ? s'emportait sa mère. Maya se taisait. Après tout, Souad lui faisait pitié. Elle ignorait ce qu'était vivre.

C'était le mois de mai. La matinée avait été particulièrement meurtrière : deux voitures piégées avaient explosé en même temps dans deux endroits différents de la ville. Parallèlement, une opération de ratissage était menée dans la zone de Boumerdès. Le journal ne savait plus où donner de la tête. Tous les reporters, dont Youssef, étaient mobilisés.

Maya errait seule dans les locaux. Elle caressa la table tachée d'encre et sourit. Le cendrier débordait des mégots du bouclage de la veille. Elle pouvait identifier chaque fumeur à la marque de cigarette, au degré d'étranglement du filtre, à la teinte du rouge à lèvres. Elle ouvrit la fenêtre. La rumeur de la rue Tripoli était assourdissante. Elle laissa le soleil chauffer ses joues. Comme cette lumière allait lui manquer à Paris. Son teint et son esprit allaient s'assombrir. Pouvait-on être heureux dans la grisaille et le froid ? Au loin, sur le port, d'immenses plaques de tôle étincelaient. Hussein Dey était à tout point de vue l'opposé d'El Biar. Le siège du journal était situé dans l'est de la ville, dans sa partie basse et populaire. Maya referma la fenêtre. Elle enfila une tunique ample, saisit son porte-monnaie et descendit dans la rue.

Un instant plus tard elle était de retour. Elle tenait une boîte à pizza brûlante dans les mains. Enfin ! Le directeur du journal venait d'apparaître en haut des marches. Maya protesta : elle n'était partie que dix minutes !

— Ils ont eu Tahar Djaout.

Son pied gauche resta sans appui. Comme beaucoup, elle admirait le directeur du journal *Ruptures*. Djaout était également poète et romancier. Elle l'aimait parce qu'il critiquait à la fois les islamistes et le pouvoir. Où l'avaient-ils attaqué ? Au volant de sa voiture alors qu'il quittait son domicile de la cité de Baïnem.

C'était un grand ensemble d'immeubles beiges à la lisière de la forêt. Des voisines avaient assisté à la scène depuis leur balcon. Elles avaient vu Tahar en costume traverser le parking. Son pas était tranquille. Il portait sa sempiternelle sacoche en cuir. Il s'était installé sur le siège et avait fait tourner le moteur. Un homme avait toqué à la vitre. Tahar avait tourné la tête et s'était retrouvé face à un revolver. Il s'était protégé des deux bras. L'homme avait tiré plusieurs fois puis jeté son corps trépidant sur un tas d'ordures. Tahar était à l'hôpital de Baïnem entre la vie et la mort.

— J'y vais.

— Tu ne peux pas y aller seule.

— Avec qui d'autre ?

Le directeur réfléchit. C'était vrai. Il n'y avait personne pour l'y accompagner. Bon, d'accord. Craignant qu'il ne change d'avis, Maya courut chercher son appareil photo. Elle se mit en route pour l'hôpital de Baïnem. Elle comptait sur Brahim pour l'y introduire. Pourvu que Tahar vive, pensait-elle en accélérant. L'Algérie ne pouvait pas se permettre de perdre un homme aussi lucide. Elle se gara. Ses mains tremblaient. Ils avaient tout de même tiré sur un journaliste.

Cet après-midi-là, Maya rentra chez elle triomphante. Elle avait emporté la une du journal du lendemain pour la montrer à ses parents : un portrait de Djaout signé de son nom. Peut-être que sa mère finirait par être fière d'elle. L'écrivain était plongé dans le coma mais, malgré le pessimisme des médecins, Maya ne pouvait imaginer qu'il meure.

Elle se gara au bout de l'allée bordée d'hibiscus. Sa mère avait verrouillé la double porte. Maya rentrait plus tôt que prévu : elle espérait ne pas lui faire peur. Elle ouvrit doucement puis s'annonça. Sa voix résonna dans le hall vide. Maya se déchaussa et remarqua, au bas des marches, une paire de Derby marron inconnue. Elle monta les escaliers. Maman ?

Souad surgit dans le couloir. Ses joues étaient roses. Un homme apparut derrière elle. Sur son ventre, un bouton de chemise était défait. Tu connais Réda ? Maya acquiesça en fronçant les sourcils. Évidemment qu'elle connaissait Réda. Un ami de son père qui était venu dîner des dizaines de fois. Elle n'avait jamais aimé la manière dont il la regardait.

— Il veut louer la villa pendant notre absence. Je lui fais visiter.

Maya ricana avant de les bousculer. Elle s'enferma dans sa chambre.

— Selma ? M'écoutes-tu ? Que ferais-tu à ma place ?

Selma ignorait quel conseil donner à sa cousine. Raconter à son père ce qu'elle avait vu, c'est-à-dire pas grand-chose et risquer une séparation de ses parents ou bien garder l'épisode secret, quitte à ce que ce silence pèse entre Charef et elle.

— Il n'y a vraiment que ton maudit cheval qui t'intéresse !

Maya raccrocha. Selma, fâchée, écouta un instant la tonalité d'occupation. Elle ne la rappela pas. Sheïtane était blessé. Il n'était pas maudit.

La langue d'Adel. Selma en gardait l'empreinte dans sa bouche longtemps après leurs baisers. Ils en échangeaient à toute heure, cachés au fond des box ou allongés dans les fougères de la forêt, mais dès qu'ils rentraient, le jeune homme cessait de lui parler. Pourtant elle était coriace. Elle insistait. Elle passait outre son dédain, ses remarques vexantes, ses gestes de colère. Quelque chose n'allait pas. Elle le voyait bien. Elle était convaincue que le rejet d'Adel, la brutalité même avec laquelle il la traitait étaient des appels à l'aide.

Son acharnement lui avait toutefois permis d'extorquer certaines informations. Elle savait par exemple que Salim avait été arrêté la veille de son départ au maquis. Le village comptait-il un délateur parmi ses habitants ? La rumeur le disait. Restait à le trouver. Pour éviter d'être accusés – et égorgés en conséquence –, mais aussi pour échapper aux rafles de la police qui ratissait large dans les fiefs du FIS, des jeunes pacifistes avaient fini par prendre le maquis.

— Mais, moralement, ils ne peuvent tout de même pas rejoindre le rang des assassins !

Selma épousseta le dos d'Adel, couvert de brindilles.

— La morale? ricana-t-il en sautant en selle. C'est facile, pour toi, la morale!

Ils partirent au trot mais une odeur pestilentielle les fit ralentir. Selma cracha de dégoût. Qu'était-ce? Adel se dressa sur ses étriers. Derrière les buissons, trois grandes carcasses de sangliers gisaient. Les animaux avaient été dépecés. Leur pelage gris-brun reposait à côté d'eux sur le sol. Il ne restait pas de chair sur leurs os, seulement quelques ligaments violets. Une nuée de mouches se chargeaient de ces maigres restes. Adel éclata de rire. C'était donc vrai. Les maquisards en fuite se nourrissaient de bêtes *haram*.

— Et dire que ces mangeurs de porc nous donnent des leçons d'islam.

Maya barbotait dans son bain. Le directeur du journal avait été clair quelques heures plus tôt. Ne passe pas à côté de ta vocation. Bats-toi ou tu le regretteras. Elle étendit sa nuque sur le bord carrelé de la baignoire. Que pouvait-elle faire de plus ? S'enfuir ? Où irait-elle ? Chez Youssef ? Ses parents la retrouveraient vite. Et, avec sa paie dérisoire d'employée à mi-temps du journal, elle ne pourrait pas subvenir à ses besoins. Elle se pencha hors de la baignoire et attrapa ses cigarettes dans la poche de son jean. Oui. Elle allait fumer dans la salle de bains. Et tant pis si cela faisait enrager sa mère. Elle n'avait pas intérêt à se permettre le début d'une remarque. Pas seulement parce qu'elle fumait à longueur de journée mais parce que... Maya interrompit son geste. La flamme resta un long moment, dressée à quelques centimètres de sa bouche. Elle se releva subitement. Sans prendre la peine de se rincer ni d'essorer ses longs cheveux, elle revêtit son peignoir et sortit dans le couloir.

Sa mère se tenait assise à la coiffeuse de sa chambre. Elle inspectait sa chevelure, une pince à épiler dans la main. Elle venait de trouver un cheveu blanc quand elle aperçut sa fille dans le miroir.

— L'eau était trop froide ?

— Je ne vais pas à Paris.

Souad éclata d'un rire forcé.

— Crois-tu que tu aies le choix ?

— Oui. Sinon je raconte tout à papa.

Souad laissa retomber bruyamment sa pince sur la console.

— Eh bien, reste dans ton pays de merde.

Hicham rentrait du port. Il avait acheté l'un de ses déjeuners favoris : des sardines grillées. Il s'étonna de trouver une camionnette garée devant le portail. Monté sur une échelle, un homme coupait avec un grand sécateur leur jasmin.

— Mais que faites-vous ?

L'homme le détailla. Il comprit à son trousseau de clefs qu'il vivait là.

— Je ne peux pas élever le mur avec votre plante.

La bouche de Hicham se fronça. Brahim n'avait pas pris la peine de l'avertir de ces travaux. Il ne remettait pas en cause son idée. Se protéger des intrus, potentiels égorgeurs ou simples voleurs, était vital en cette période. Tous les Algérois le faisaient : monter les murs, doubler les portes en bois de portes en acier, poser des barreaux solides aux fenêtres. Mais n'avait-il pas son mot à dire ? Il était aussi chez lui. Il ramassa une branche de jasmin et la plaça sur sa table, dans un vase. *Assab !* Mistinguet venait de planter ses crocs dans le sac en plastique noir. Hicham le repoussa et s'assit à table. Quelques minutes plus tard, il contemplait les reliefs de poissons et la branche fleurie de cet arbuste planté autrefois par son père, quand il eut une idée. Il alla parler au maçon. Quand il revint, il trouva Mistinguet sur la table, une tête de sardine dans la gueule.

Brahim rentra en fin de journée. Il contempla le travail de l'ouvrier. Certes, le ciment neuf était d'un gris plus foncé que le reste du mur mais au diable l'esthétique ! Bien malin celui qui entrerait dans son jardin désormais. Il observa son étage de la maison. Les barreaux aux fenêtres changeaient sa physionomie. N'y avait-il pas quelque chose de triste à se barricader ? Peu importait. Il y allait de la survie de sa famille. Il fit glisser le portail pour garer sa voiture quand il se figea. Au bas des marches d'albâtre, un muret se dressait. Il divisait le jardin en deux. Il empêchait l'accès à l'appartement de Hicham. Quel culot ! Brahim éclata d'un rire aigre. L'imbécile. Il s'était coupé de l'accès au portail. Il s'était emmuré chez lui ! À moins que... Il sortit et avança de quelques pas à gauche sur le trottoir. Le vieux portail, condamné depuis longtemps, avait été dégagé de son lierre. Ses gonds luisaient. Ils avaient été huilés. Une plaque neuve brillait sous la lumière du lampadaire : « Maître Hicham Bensaïd ». Brahim frappa du pied le portail et remonta chez lui.

Le lendemain matin, Selma ronchonna. Elle devait glisser ses bras nus entre les barreaux glacés pour ouvrir les volets. En plus, ils étaient laids. Ils n'avaient rien de la ferronnerie gracile posée aux fenêtres de Mima. Épais, rectilignes, d'un orange foncé morne, ils striaient son horizon. Sans parler de ce mur bicolore affreux ! N'auraient-ils pas pu mettre un coup de peinture pour harmoniser la couleur de la façade ? Il lui masquait une partie des arbres de la forêt. Quant au muret... Tiens. Son oncle était inhabituellement matinal. Hicham venait d'entrouvrir son portail. Il scrutait la rue. Quand il sortit, Selma referma sa fenêtre en haussant les épaules. Les membres de sa famille étaient devenus étranges. L'arrivée de Maya changerait sûrement les choses. Elle amènerait un peu de gaieté. Selma n'avait pas hésité à l'accueillir un an dans sa chambre. Pourtant, leur cohabitation dans un espace si exigu l'inquiétait. Maya accepterait-elle de se réveiller chaque jour devant ces posters équins tout cornés ? Ne voudrait-elle pas les décrocher et les remplacer par ses propres affiches ? N'allaient-elles pas se disputer ? Sa cousine pouvait être facile ou invivable, selon son humeur. D'ailleurs, que faisait-elle ? Son père et elle avaient promis d'arriver tôt ce matin afin que Selma puisse aller au club. Selma voulait s'assurer qu'Adel était encore là. Mais cela, elle ne l'avait pas dit à Maya.

Hicham entrouvrit le portail rouge brique et passa son visage, rasé de frais, dans l'embrasure. Il scruta la rue à droite puis à gauche, le cœur battant, les mains moites glissant sur le métal. Il n'y avait personne. Ni reflet suspect sur les pare-brise. Ni silhouette retorse adossée au mur, armée d'un pistolet premier prix.

Il soupira et relâcha enfin ses maxillaires. Elles étaient plus douloureuses chaque matin. Depuis qu'il avait retrouvé sa plaque d'avocat taguée « FIS, *khaddaine* », Hicham craignait d'être assassiné. Pour les membres du GIA, le FIS et leurs soutiens étaient pires que des mous. Ils étaient des vendus, des complices du jeu démocratique impie. Sa défense d'Ali Belhadj le stigmatisait désormais même au sein des islamistes. Hicham courut vers sa voiture, mit le contact et, à toute vitesse, démarra.

Son pouls ralentit seulement quand il pénétra la circulation tentaculaire de la ville. Là, il se sentait anonyme. Sa voiture sud-coréenne roula vers l'est, le quartier de Kouba où résidait Zoheir. Ils devaient rencontrer ensemble leur nouveau, et fort controversé, client : Abdelhak Layada.

Hicham avait hésité à se charger de la défense de l'émir du GIA. Il venait d'être extradé du Maroc. Mais le récit des sévices qu'il avait endurés en prison acheva de le convaincre. Il fallait bien que quelqu'un le défende. Ce client, espérait-il, lui vaudrait la bienveillance des recrues du GIA.

La nouvelle était parue la veille dans les journaux. Hicham Bensaïd, avocat du sanguinaire émir. Ce matin-là, il était monté prendre son café chez sa mère. Mima écossait des fèves dans la cuisine. Elle n'avait pas répondu à son salut. Ses doigts noircis par les légumes avaient retroussé sa robe d'intérieur. Elle avait quitté la pièce sans desserrer les lèvres.

Hicham était déjà en retard quand il arriva dans le quartier de son ami. Des hommes en qamis et en claquettes marchaient sur la chaussée, l'obligeant à rouler au pas. Il klaxonna. Quarante minutes de retard : Zoheir avait déjà dû partir. Sa secrétaire le confirma. Hicham redémarra. S'il se pressait, il pouvait réduire l'écart entre eux. Hicham accéléra sans se soucier des limites de vitesse. Il repensa à Mima. À son frère. C'était sûr. Il l'avait montée contre lui ! Il cracha sur le pare-brise. Un filament translucide coula sur la vitre. Une sirène retentit. *Ahbès !* Un homme au crâne rasé se pencha par la fenêtre. Il montrait une carte de policier. *Aya okhroudj !* Hicham obéit. Il se gara sur le bas-côté et sortit. Quatre hommes jaillirent du véhicule banalisé. L'avocat leva ses mains tremblantes dans les airs, mais les agents ne tinrent pas compte de ce geste pacifique.

Ils le menottèrent, lui passèrent une cagoule sur la tête et le jetèrent sur la banquette arrière de leur voiture. Ils démarrèrent. Hicham, dans le noir, étouffé par l'épais tissu de la cagoule, se retint de crier. À quoi bon ? Qui pourrait le sauver désormais ?

Manquant à leur promesse d'arriver tôt, Maya et son père sonnèrent chez les Bensaïd à treize heures passées. Selma dut les aider à décharger la voiture. Elle indiqua à Maya les étagères et les rayons d'armoire qu'elle avait vidés pour elle. Une fois les cartons déballés, il fallut passer à table. Mima avait cuisiné une rechta, le plat préféré de son neveu mais aussi de sa petite-fille. Elle augmenta le feu pour porter la sauce à ébullition. Elle souleva le couvercle et dispersa les pâtes fraîches et fines dans la partie supérieure du couscoussier. Il ne restait plus qu'à attendre qu'elles cuisent à la vapeur. Des odeurs de poulet, de navet et de cannelle embaumèrent l'appartement. Brahim mangea deux assiettes, Charef trois. Puis ils voulurent prendre le café. Quand Brahim emmena sa fille au club, l'après-midi touchait à sa fin.

Hicham étouffait sous sa cagoule. Où le conduisaient-ils ? Les pneus ralentirent enfin. Des grilles grincèrent et Hicham fut tiré hors du véhicule. Il marcha à l'aveugle, tenu fermement par le bras. Une certaine inclinaison de la tête lui permit d'entrevoir le sol : un carrelage jaune maculé de sang.

On l'assit sur une chaise. Quelqu'un s'approcha. Hicham pu apercevoir des chaussures en cuir souple et brillant. Un haut gradé allait donc l'interroger. L'affaire devait être sérieuse. Où suis-je? se risqua-t-il. À Château d'eau. Hicham laissa son menton cogner contre sa poitrine. Il savait ce qu'il se passait dans cette annexe d'école de police. Peu en sortaient vivants. Il pria.

Le crépuscule tachait de rose le sable de la carrière. Quand, à la fin de la reprise, les cavaliers descendirent de cheval, Selma s'avança vers Ouahib.

— Adel est-il déjà parti ?

Elle ne l'avait pas vu avant le cours. Ouahib ricana.

— S'il continue à s'absenter sans prévenir, il va falloir qu'il s'en aille, oui.

Selma déposa l'étalon harnaché dans son box. Elle parcourut les trois écuries. Un palefrenier retirait la paille souillée d'un box. Il n'avait pas pris la peine d'en sortir le cheval. Étourdi par la chaleur, l'animal ne réagissait même pas quand la fourche l'effleurait.

— Sais-tu où est Adel ?

— Non, répondit le garçon aux joues imberbes, aux jambes fines et frêles. Mais je lui dirai que tu le cherches.

Il fronça les lèvres en signe de baiser. Selma ne releva pas. Elle poursuivit son investigation jusqu'à la buvette.

— Hier, il m'a fait ses adieux, lui confia le serveur en baissant la voix.

Selma vida d'un trait le reste de sa limonade N'gaous. Elle

retourna près de la carrière où Ouahib donnait le dernier cours de la journée.

— Je vais faire une balade en forêt.

— Pas à cette heure.

— Rapide.

— Non.

Selma voulut protester, mais Ouahib avait déjà détourné la tête. Son attention se concentrait sur une cavalière débutante dont les mains s'agitaient à tout-va sur les rênes. Fixe tes mains ! Tu vas lui blesser la bouche ! Selma s'éclipsa. Elle sentit le sang affluer à ses joues. Peu importait. Dans ce genre de cas, il fallait savoir désobéir. Elle retourna chercher Sheïtane. Elle sortit discrètement par l'arrière de l'écurie. Le temps que la reprise s'achève, elle serait revenue de Sidi Youcef. Elle espérait y trouver Adel et le convaincre de ne pas prendre le maquis. Ouahib ne s'apercevrait de rien.

Elle serra ses mollets sur les flancs. Sheïtane volait au-dessus des pommes de pin. La terre était sèche. Le bruit de ses sabots résonnait dans le bois silencieux. Ils atteignirent rapidement le village. Un attroupement s'était créé sur la place principale. Selma ne prit pas la peine d'attacher le cheval. Elle s'avança vers Mahfoud, le père d'Adel.

— Va-t'en.

— Est-il parti ?

Mahfoud grimaça de douleur. Il acquiesça. Les yeux brouillés de larmes, Selma retourna près de Sheïtane. Elle remonta en selle et s'élança au galop à travers la forêt.

Elle poussa Sheïtane au-delà de ses capacités. En suspension sur les étriers, elle talonna sans prendre en considération l'essoufflement du cheval ni les oreilles inquiètes qu'il pointait dans la nuit tombante. L'étalon s'arrêta, haletant. L'obscurité était devenue trop épaisse. Il ne distinguait plus le tracé du sentier ni les contours acérés des arbres. Selma voulut repartir mais elle sentit ses jambes s'amollir. Elle ne reconnaissait pas non plus l'endroit où ils se trouvaient. Il y eut un craquement derrière eux. Puis une série de coups de feu. Sheïtane s'emballa. Selma tenta de le calmer mais le cheval ne répondait plus. Il courait. Il courait sans se soucier des branchages qui griffaient sa robe, ainsi que les bras et les joues de sa cavalière. Selma enfouit son visage dans la crinière. Il n'y avait plus qu'à se cramponner. Une nouvelle rafale de tirs se fit entendre. Le grand corps bai se figea dans les airs. Sheïtane s'écroula sur le sol, Selma gisait sous lui, les yeux clos.

— *Ya* mademoiselle ! Mademoiselle !

Trois visages masqués, coiffés de charlottes transparentes, s'époumonaient au-dessus de la jeune fille. Inutile de crier, pensa-t-elle. Selma ne parvint pas à remuer les lèvres. Ses yeux clignèrent.

— Où...

Les sourcils des infirmiers se froncèrent. Oui ? Allez-y, continuez, essayez de parler. Un petit effort, mademoiselle. Sa bouche empâtée par l'anesthésie articula avec peine :

— Où suis-je ?

— À l'hôpital militaire d'Aïn Nadja.

— Et... Sheïtane ?

— *Audubillah min al sheïtane*, invoqua l'infirmière, superstitieuse mais habituée aux propos extravagants des patients en salle de réveil.

— Je parle de mon cheval.

— Ah votre cheval ! Vous pourrez poser la question à votre famille dans un instant.

Elle empoigna le lit à roulettes et le poussa le long du

couloir. La chambre de Selma était vaste. La baie d'Alger scintillait à travers la vitre. L'infirmière actionna l'interrupteur, la pièce s'illumina et tout revint alors à l'esprit de la jeune fille. Le visage désespéré de Mahfoud. Le triple galop de Sheïtane. Les détonations. Le poids de l'animal sur son corps. L'infirmière retira la couverture et suréleva grâce à une cale sa jambe droite entièrement plâtrée. Selma gémit. La femme lui prit le bras. Selma s'aperçut alors de l'embout en plastique qui jaillissait de la chair de son poignet. Le bracelet de crins avait disparu. Où était-il?

— On a dû vous le couper. L'urgence, mademoiselle.

La femme lui désigna la tablette grise où reposait la tresse noire cisaillée. Le liquide de perfusion gonfla douloureusement les veines de la jeune fille. L'infirmière partit mais Selma ne resta pas longtemps seule.

— Elle est là!

La gaieté de la voix de Maya contrastait avec sa mine soucieuse. Derrière elle se pressaient Brahim, Zyneb et Mima.

— Ma chérie!

Sa mère atteignit le matelas en premier, lui caressa la tête, entortilla son doigt aux boucles brunes qui s'étalaient sur l'oreiller, s'échina à ne pas fixer le fil épais qui suturait l'arcade sourcilière entièrement rasée. Selma apprit alors qu'elle devait son admission dans cet hôpital de pointe à Charef. Il avait insisté pour l'opérer lui-même.

— Papa a sauvé ta jambe!

Maya se mordit les lèvres. Selma bégaya. Comment cela? Pour toute réponse, sa cousine lui pressa la main avec chaleur.

— Est-il encore en vie?

— Qui? se lamenta Mima.

— Sheïtane !

Le cheval était amoché mais hors de danger. Maya s'apprêta à ajouter quelque chose quand Brahim la fit taire. Mima sanglotait, recroquevillée sur la seule chaise.

— Ton oncle a disparu, expliqua-t-il.

Hicham n'était pas rentré depuis la veille. Personne ne savait où il était.

— Ou bien c'est l'œuvre de la police, s'aventura Maya, ou bien...

— Ou bien ?

— Celle des barbares, ses amis. Les islamistes.

Selma aurait voulu la projeter contre le mur. Pour qui se prenait-elle avec son monde en noir et blanc, ses phrases tranchantes ? Adel n'était pas un barbare et pourtant... Rejeter le mal chez les autres était trop facile. Il n'était que le revers de nos indifférences, de nos égoïsmes, de nos lâchetés. Charef entra, boudiné dans sa blouse blanche. Il la regarda avec pitié.

Lorsqu'il partit, Selma oublia la présence de sa famille, celle du personnel dans le couloir, des patients dans les chambres d'à côté. Elle hurla. Sa jambe. Sa jambe brisée en mille morceaux, brochée. Sa jambe qui ne lui permettrait plus jamais de monter.

Elle ne voulait plus vivre. Elle détestait le vide dans lequel ses journées sans perspective la plongeaient. Le mektoub. Le mot avait fleuri dans toutes les bouches qui étaient venues la consoler. Ha ! Je me ris du mektoub ! Je lui envoie mes plus gros crachats. Quel sens a mon existence sans équitation ?

Ce qui autrefois allait de soi, un corps docile, aux ordres, n'existait plus. Au contraire, sa propre matière était devenue un fardeau. Selma ne pouvait pas se lever plus de cinq minutes sans avoir la tête qui tourne. Quand elle essayait de lire, les lignes se brouillaient devant ses yeux. Elle avait perdu plus d'un tiers de son sang. Il fallait attendre que ses réserves d'hémoglobine se reconstituent.

Ce qu'elle détestait par-dessus tout, c'était demander à être accompagnée aux toilettes. Lorsque Maya était absente, elle devait s'égosiller pour que sa mère et sa grand-mère l'entendent. Elles interrompaient alors la conversation qui les obsédait de l'autre côté de la cloison : comment sortir Hicham de prison.

Selma s'inquiétait aussi pour son oncle. Survivrait-il à la

violence des prisonniers ? Malgré l'énergie déployée par ses avocats ainsi que par la Ligue algérienne pour la défense des droits de l'homme, son incarcération durait, sans date de jugement ni droit de visite pour sa famille. Sans la campagne internationale lancée par la LADDH, Hicham ne serait probablement plus en vie.

Zyneb s'impliquait énergiquement dans ce combat pour sauver son beau-frère. Elle avait adhéré à l'association où, de temps à autre, elle croisait Farid. Mima écoutait les comptes rendus de réunion de sa belle-fille d'une oreille avide. Si Zyneb tardait à rentrer le soir, elle l'attendait, assise sur une chaise de la cuisine, somnolente.

Certains jours, une frénésie salvatrice s'emparait de la vieille femme. Elle s'asseyait à la grande table de la salle à manger et entamait, sous l'œil de Si Smaïl, des courriers à destination des hautes administrations et des ministères. Brahim les postait à contre-cœur. Maman. Tu ne devrais pas. Tu vas te rendre malade à attendre des réponses qui ne viendront pas. *Maaliche ya ouldi*. Au moins ils me liront. Brahim retenait la réplique qui lui brûlait les lèvres : ils ne la liraient pas. Un pervers. Voilà ce qu'était son frère. Un être qui abusait de leur amour. Qui les forçait à le défendre alors que ses engagements leur répugnaient.

Eh oh ! Selma hurla. Elle aimerait ne pas avoir à les héler, que croyaient-elles ? Si son plâtre ne l'en avait pas empêchée, elle aurait rejoint la salle de bains à quatre pattes plutôt que de solliciter cette aide qui lui arrachait la gorge.

Ses soirées étaient moins lugubres grâce à Maya. Cette dernière s'efforçait d'être gaie avec Selma. Elle lui racontait des anecdotes amusantes sur ses collègues du journal. Selma préférait les jours où Zyneb s'absentait pour assurer sa permanence à la LADDH. Elle ne supportait plus de voir son expression morose, cette absence de sourire qui allait finir par rétrécir sa mâchoire. Et puis le départ de sa mère lui rendait sa grand-mère. Mima, tout à elle, s'installait dès le matin sur une chaise de sa chambre, reprisait un vêtement ou remplissait une grille de mots croisés tout en contant à sa petite-fille des épisodes fascinants de son passé. Mima savait cuisiner. Un cordon bleu-blanc-rouge, la taquinait Si Smaïl à l'époque où elle insistait pour habiller sa famille exclusivement de vêtements français. Ses plats étaient savoureux au contraire de ceux de sa mère, toujours si verts, si insipides. Zyneb avait laissé une marmite de lentilles triste à en mourir ? Qu'à cela ne tienne. Mima faisait crépiter l'huile dans la friteuse et y jetait d'épais morceaux de pommes de terre. Leur peau dorée croustillait sous les dents, leur chair fondait sur la langue. Selma désirait du foie ? Mima descendait en sortir une tranche de son congélateur et la grillait savamment, sans la transformer en semelle. Rose au cœur, tendre comme du pâté, parfumé d'ail et de persil hachés. Grâce aux mets de sa grand-mère, Selma retrouvait un accès à la volupté.

Une matinée où la jeune fille pleurait, Mima interrompit son travail en cuisine et accourut dans sa chambre. *Oumri*, ne perds pas espoir. Elle la serra contre sa poitrine ridée. Bientôt tu seras sur pied. Différemment. Nos blessures ne sont pas des impasses mais d'autres chemins.

Le lendemain sa mère redevenait son infirmière attitrée. Celle qui lui apportait au lit ses haricots verts, ses courgettes à l'eau, celle qui lui parlait sans la voir. Zyneb vivait branchée sur la fréquence de sa radio. L'appareil était constamment allumé. Toujours la même rengaine de l'autre côté du mur. La mort, la mort, la mort comme un disque rayé. Dix exécutions de détenus dans un maquis de la campagne kabyle. Une voiture piégée devant le commissariat central d'Alger. Cinquante-quatre cadavres trouvés dans les rues de Blida. Vingt corps de jeunes criblés de balles dans un quartier excentré de la capitale. Un décompte quotidien auquel Selma ne prêtait attention que pour chercher, en vain, une trace d'Adel.

Et puis, un après-midi de déluge, il y eut cette visite. Selma était dans son lit, tâchant de mémoriser son cours de biologie. Elle entendit l'interphone puis les mules de Zyneb racler le sol du couloir. Même sa démarche était morose. Qui cela ? Elle avait parfaitement entendu. Sofiane, le délégué de sa classe, venait de sonner au portail. Les joues de la jeune fille s'embrasèrent. Que venait-il faire ici ? Il cherchait sans doute une excuse pour voir Maya. Il serait bien déçu de la trouver seule, les cheveux emmêlés et aplatis sur son crâne, la jambe plâtrée, le sourcil fendu en deux par une longue cicatrice violette.

— Maman !

Zyneb accourut et pencha son visage maigrelet à travers l'embrasure, inquiète.

— Ouvre grand la fenêtre.

— Mais il pleut !

— Ouvre, je te dis !

La longue tresse de Zyneb serpenta dans son dos. Elle traversa la pièce. Elle ouvrit la vitre et recula, giflée par la pluie.

Sofiane venait de toquer à la porte de la véranda. Zyneb repartit en maugréant, comme elle le faisait souvent d'une manière ostensible et fuyante à la fois, qui insupportait Selma. La jeune fille démêla sa chevelure de ses doigts, la ramassa en chignon, redressa son dos contre le mur, imbiba ses index de salive pour nettoyer le contour de ses yeux, se pinça les pommettes pour les rosir. Elle entendit sa mère émettre un rire cristallin. Sa mère, rire ? Si Sofiane réussissait à égayer Zyneb, il pourrait faire de même avec elle. Toute lumière est bonne à prendre.

Il frappa à sa porte. Selma aperçut d'abord la masse de ses cheveux frisés. Le jeune homme lui tendit en souriant un paquet de copies annotées au stylo. Pendant que Selma consultait ses résultats de bac blanc, Sofiane observait la pièce.

— Maya aurait pu me les apporter.

— Oui, si elle venait au lycée.

Sofiane avait soudainement parlé fort comme s'il désirait que Zyneb l'entende de la cuisine. C'était donc cela. Il était venu pour la dénoncer, pour se venger. Une bourrasque entra dans la pièce et inonda le carrelage sous la fenêtre. Les posters bruissèrent.

— Veux-tu que je ferme ?

— Non, mais décroche ce qu'il y a sur les murs.

— Comment cela ?

— Je ne peux pas le faire toute seule. Décolle les posters, s'il te plaît.

— Tout ?

— Tout, à part la photographie au-dessus de mon bureau.

Sofiane détailla un instant la jeune fille. Sans élastique ni pince, son chignon avait commencé à se défaire. De lourdes boucles brunes retombaient lentement sur l'oreiller. Selma ne ressemblait à aucune autre fille. Timide et sûre d'elle à la fois. Souveraine dans la vulnérabilité. Sofiane décolla les affiches jusqu'à ne plus laisser que des marques de scotch marron sur les murs. Il regarda un long moment le cheval bai sur la photographie puis partit en promettant de revenir.

Sofiane revint. Le délai entre ses visites, une semaine, plus souvent deux, créait une attente, un rythme dans l'ennuyeuse convalescence de la jeune fille. À Maya, Selma ne dit rien. Elle ne commenta ni les prises de notes incomplètes qu'elle lui apportait de temps en temps, ni les photocopies de cours qu'elle laissait sur son bureau. Si Maya retournait au lycée, Sofiane ne viendrait plus.

Les jours où le jeune homme appelait pour annoncer sa venue, Mima préparait des goûters succulents. Cake au citron, marbré au chocolat, thé à la menthe du jardin. Et parfois des *mounas* parfumées à la fleur d'oranger, de petites brioches dans lesquelles elle glissait un carré de chocolat avant de les enfourner.

Un après-midi, alors que les deux jeunes gens bavardaient, Maya fit irruption dans la chambre.

— Que fais-tu assis sur mon lit ?

— J'apporte ses devoirs à ta cousine.

— Je peux le faire.

— Comment, si tu ne viens pas en cours ?

Maya tourna craintivement la tête vers le mur. Son carré de cheveux blonds se figea au-dessus de ses clavicules maigres, découvertes par l'ample col de son chemisier. Zyneb se trouvait juste à côté, dans la cuisine. Comment osait-il ? Savait-il que Charef l'obligerait à déménager à Paris s'il l'apprenait ? Un sourire mauvais s'imprima sur les lèvres de Sofiane. Il partit.

— Tu étais au courant ?

— Oui, avoua Selma.

Maya n'eut pas le temps de poser une seconde question. Elles entendirent la voix de Brahim résonner dans la véranda.

— Le chevalier servant de ma fille !

— Il faut bien que quelqu'un l'aide, monsieur, puisque sa cousine ne vient plus au lycée.

Comment ! Comment avait-elle osé le prendre pour un imbécile ? Alors qu'il l'accueillait sous son toit depuis des mois, qu'il avait été si généreux avec elle. Avoir le toupet de dîner à leur table, de manger les plats préparés par sa femme, de la complimenter avec cette bouche dégoûtante, bourrée de mensonges ! D'emporter le matin, comble de l'irrespect, les pique-niques que Mima lui préparait pour son déjeuner. Qu'allait-il dire à Charef ? Son cousin lui avait confié sa fille. Rien. Je t'en supplie, tonton, ne lui dis rien. J'y retourne dès demain. J'irai jusqu'à la fin. Je te le jure. Maya s'était recroquevillée sur le lit. Ses yeux imploraient.

À quoi avait-elle la tête ? Elle ne pourrait rien faire de sa vie sans baccalauréat. Maya acquiesça. Elle avait commis une erreur qu'elle allait réparer. Elle ne manquerait plus une heure de cours. Mais ne la comprenait-il vraiment pas ?

Était-ce sa faute si elle s'ennuyait à mourir sur cette chaise de classe ? Si tous ces exercices rébarbatifs lui ôtaient l'envie de se lever le matin ? Selma, tu me comprends, toi qui avais une passion ? L'emploi du passé blessa la jeune fille. Maya regretta son commentaire. Elle désirait simplement expliquer son besoin presque physique de partir en reportage, de participer aux réunions de rédaction houleuses. La vie n'était-elle pas trop courte pour la gâcher avec ce qui ne faisait pas battre son cœur ? Brahim la regarda, impressionné par sa détermination. D'accord, mais voici leur pacte : Maya devrait faire signer chaque jour un avis de présence à ses professeurs. Au premier écart, il téléphonerait à son père. Selma prit la main de Maya. Elle était rassurée que sa cousine reste avec elle.

L'année fut rude pour le centre équestre de Baïnem. La plupart des cavaliers avaient fui l'Algérie pour s'installer en France ou dans d'autres pays européens. Ceux qui restaient avaient préféré changer de club. Trop d'assassinats avaient lieu dans la forêt.

Sans ces rentrées d'argent, la paille et le foin dont les prix avaient flambé, étaient devenus des denrées inaccessibles. Des coliques terrassèrent plusieurs chevaux. Ouahib les retrouvait bavant sur le sol au petit matin. Il n'avait d'autre choix que de les enterrer lui-même dans la forêt. Il dut alors se résoudre à vendre la meilleure part de son écurie. Celle qui concourait pour des médailles chaque année. Sheïtane en faisait partie. L'étalon avait recommencé à mordre et à botter mais il conservait sa réputation prometteuse en dressage. Alors si Brahim voulait offrir ce cadeau à sa fille, *marhaba*, sa proposition serait la première entendue, pour peu qu'elle soit raisonnable. Simplement, l'entraîneur se demandait ce que Selma ferait d'un cheval. À l'autre bout du fil, Brahim se tut. Il ne disposait de toute façon pas de cet argent.

Les jours suivants, le père de Selma hésita. Mentionner la mise en vente de l'étalon au risque de rouvrir la plaie de sa fille ou lui cacher le départ prochain du cheval, peut-être loin, dans une autre ville ? *Ouskout,* s'emporta Zyneb. Le malheur leur était arrivé par cette bête. Qu'elle déguerpisse au plus vite et à mille lieues d'ici ! Le deuil de cette activité maudite n'en serait que plus facile.

Un soir, Maya intercepta leur dispute. Et elle eut une idée. Puisque Brahim refusait de recevoir une pension pour elle, Charef n'aurait qu'à payer celle du cheval. Elle appela son père qui accepta. Maya en fit l'annonce aux parents de Selma.

— Hors de question ! s'écria Zyneb.

Sa fille avait besoin de se reconstruire loin de l'étalon. Laissez-la tranquille. Selma entendit qu'on parlait d'elle et les héla depuis sa chambre. Maya lui rapporta tout. Selma supplia, bégaya. Ne comprenaient-ils donc rien ? Ils le tueraient. Sheïtane avait besoin d'être aimé pour se donner. Si son nouveau cavalier manquait de cœur, il braquerait l'animal. Sheïtane finirait à l'abattoir. Brahim tordit le bas de sa chemise. C'était d'accord. Zyneb s'en alla en claquant la porte.

Le printemps arriva. Selma put enfin se déplacer en béquilles. Se promener dans la tiédeur du jardin, humer les premières fleurs. Il était temps pour elle d'aller retrouver l'étalon.

Zyneb accepta de la conduire. Sur la route, elle jetait des regards inquiets à sa fille. Selma fixait en silence les feuilles des chênes. Dès que les trois blocs des écuries apparurent, elle se ranima. Tandis que l'odeur des bêtes pinçait les narines de Zyneb, Selma ne pouvait détacher son regard de la grande carrière où un cavalier et son cheval sautaient une ligne d'obstacles. La mémoire enfouie de son corps s'éveilla. Elle sentit à nouveau le balancier du galop dans ses hanches. L'étirement des bras, buste ouvert vers le ciel, pour suivre l'encolure. Tant de gestes encore inscrits en elle qu'elle n'accomplirait plus.

Les lucarnes éclairaient à peine l'écurie. Le vent s'était levé et des nuages noirs défilaient au-dessus du bâtiment. Selma claudiqua en direction du box de Sheïtane. La porte de la stalle craqua. L'étalon venait d'y appuyer son épaule droite.

Ses crins avaient poussé. Ils s'emmêlaient jusqu'au milieu du chanfrein. Les balles avaient laissé des cicatrices roses sur son flanc.

En équilibre sur une béquille, Selma sortit un quartier de pomme de sa poche et le lui tendit. Sheïtane n'avança pas. Selma fit un nouveau pas vers lui et le cheval dressa haut la tête. Ses naseaux frémirent. Dans ses yeux, Selma perçut une lueur qu'elle ne lui connaissait pas. Elle recula. Elle tomba. Après avoir ramassé sa béquille, elle se redressa avec difficulté et, sans se retourner, quitta l'écurie.

Zyneb s'étonna du retour si rapide de sa fille sur le parking. À ses questions, Selma fit des réponses lapidaires. Elle avait tourné son visage vers la vitre. Ses yeux parcouraient les troncs blancs et lisses des eucalyptus. Son étalon était-il en forme ? Non. Une bête sauvage. Ni pansé ni promené. Elle allait se plaindre. Et menacer Ouahib de changer Sheïtane de club. Avec l'argent que dépensait Charef, Sheïtane devrait être pansé avec de la soie. Selma se laissa emporter par sa verve, et se plaignit tout le trajet. Une fois dans sa chambre, elle poussa la porte et éclata en sanglots. Le cheval sur la photographie la regardait.

Les semaines qui suivirent, Selma s'abrutit à réviser. Elle s'oublia dans l'abstraction désangoissante des mathématiques, dépensa son énergie dans des équations n'engageant rien d'elle-même. Elle passait des heures à réciter ses fiches à la table de la cuisine, corrigée par Zyneb au doigt enroulé dans sa longue tresse cuivre.

Les épreuves du baccalauréat furent une réussite, sauf pour Maya, envoyée en session de rattrapage. Le soir de la fête, Sofiane et Selma s'embrassèrent. Leurs baisers se répétèrent dans la voiture du jeune homme et à l'écart des autres sur la plage. Un soir, il l'attira dans son lit. Son sexe était nervé de vaisseaux bleus. Ses doigts, habiles. C'était avec lui qu'elle avait envie d'essayer. La pénétration tant redoutée ne lui causa pas de douleur. Progressivement, Selma expérimenta une jouissance nouvelle qu'elle voulut renouveler. Ils firent l'amour tous les jours jusqu'au déménagement du jeune homme en France. Sofiane partait étudier à Aix-en-Provence. Il reviendrait de temps en temps. Ils ne se promirent rien.

Une fois reçue au concours d'entrée de l'école vétérinaire,

Selma avoua leur relation à Maya. Cette dernière haussa les épaules.

— Parce que tu pensais que je ne m'en doutais pas ? Tu vaux mieux que cela.

Les jours suivants, Maya l'évita. Elle demanda à Brahim la permission de s'installer dans le rez-de-chaussée vide. Mima se montra réticente, mais une année s'était déjà écoulée depuis l'arrestation de son fils. Hicham venait d'être transféré loin d'Alger et n'avait toujours pas de date de procès. Mima dut se résigner. Selma retrouva enfin la pleine possession de sa chambre. Elle restait pourtant insatisfaite. Chaque fois qu'elle entendait claquer le petit portail rouge, elle fulminait. Cela aurait dû être elle dans ce logement indépendant. Elle, la fille de la maison. Elle dont la jambe fragile peinait encore à gravir les étroites marches de ciment.

Sa première année de licence lui dévora tout son temps. Toutes ces données à ingurgiter, toute cette science de la vie animale ! Elle avait passé son permis de conduire et se rendait à l'université de Bab Ezzouar dans la vieille Golf, étonnamment coriace. Selma aimait cette heure de route vers l'est, le long de la côte. Elle écoutait les cassettes de raï que Maya avait retrouvées au fond de l'armoire de Hicham. Le bleu de la mer ne la lassait jamais. Elle aurait aimé être comme lui, identique mais toujours différente. Réussir à rester celle qu'elle était quand elle montait. Dès que la route se dégageait, Selma accélérait. Elle rêvait que la machine prenait vie, qu'un cœur énorme se mettait à battre dans le moteur. Les barrages militaires la ramenaient à la réalité, violente, mécanique.

Sofiane revint à Alger de temps à autre. Selma et lui se

retrouvèrent. La jeune femme ne le contactait jamais entre ses séjours. Cette absence d'engagement satisfaisait une puissance mystérieuse en elle.

Elle s'astreignit à rendre visite à Sheïtane deux fois par mois. Elle restait peu, et loin, même si, au fur et à mesure de ses venues, l'étalon la rejetait moins. Sa présence régulière incitait aussi le club à plus de soins. Le palefrenier lui montrait les morsures sur ses bras, les bleus sur ses cuisses et sur son ventre. Cette bête était malade. Quand s'en rendrait-elle compte ? Elle le défendait. Elle accusait le garçon d'être trop brutal avec lui. Elle n'avait qu'à s'en charger elle-même ! Et Adel, l'avait-il jamais revu ? Quoi, Adel ? Croyait-elle qu'il allait réapparaître et lui présenter une bague de fiançailles ? Nul ne savait où il était mais une chose était sûre : il ne serait plus jamais le même.

Après une année de kinésithérapie, il lui fallut reprendre le sport pour continuer sa rééducation. Bien, mais lequel ? Aucune activité ne la stimulait. Poussée par Brahim, elle s'inscrivit dans un dojo d'aïkido. Elle aimait l'idée d'utiliser la force de l'agresseur pour se défendre. Qu'était l'équitation sinon un échange d'énergie ? Mais le combat l'ennuya vite. Elle abandonna. Un sport collectif alors ? Pour retrouver le plaisir de la collaboration. Elle essaya le basket-ball. L'énorme ballon rose lui brûla les paumes. Elle détesta dribbler et ne réussit jamais un seul panier. Elle quitta l'équipe en cours de semestre. La natation eut un temps ses faveurs. Nager lui permettait d'échapper aux lois quotidiennes de la pesanteur. Une sensation que seule l'équitation jadis lui prodiguait. Puis l'hiver arriva et l'eau du bassin devint trop froide, ses cheveux trop longs à sécher. Elle oublia son maillot dans un tiroir. Elle décida alors de tenter l'impensable, ce qu'elle n'aurait jamais osé avant son accident : la danse classique. Elle, l'ancienne cavalière aux jambes arquées, allait pénétrer le temple de la grâce féminine. Le professeur fut patient. Il étira sa nuque, abaissa ses épaules, redressa son menton. Les autres filles chuchotaient. Quand arrivait, à la fin du cours, le rite des passages individuels, le cœur de Selma s'emballait. Elle exécutait les pas qu'elle venait d'apprendre à toute allure, sans liant ni tempo. Un jour, elle abandonna là ses chaussons et ne se présenta plus. Que lui aurait de toute façon permis sa jambe abîmée ? Ni sauts. Ni arabesques tournoyantes. Ni pointes. À quoi bon pratiquer une activité où l'on resterait éternellement médiocre ? Pour le plaisir, Selma, le plaisir ! Le plaisir, c'était avant. La vérité était que rien ne raviverait l'extase de l'équitation. L'harmonie du corps-à-corps avec le cheval, cette sensualité partagée à deux. Sans monture, tout exercice physique lui semblait sec, ennuyeux. S'entraîner avec les limites de sa propre silhouette ? Cela ressemblait à faire l'amour avec ses doigts. À vingt ans, elle était déjà condamnée à l'incomplétude. Une jeune femme à l'aube de sa vie ? Non, une moitié de centaure.

Mima poussa son lourd couffin jusqu'au seuil de chez elle. Elle avait revêtu sa plus belle robe. Elle l'avait repassée de l'ourlet jusqu'au col. Son sac à main, déformé par le temps passé au fond de son armoire, brillait. Elle allait enfin revoir son fils. Dans quel état le trouverait-elle ? Sans doute amaigri. Peut-être amoché par les autres détenus. Les gardes la laisseraient-ils l'étreindre au-dessus de la table du parloir ? La visite serait courte – une demi-heure – mais elle valait bien les quatre heures de route.

Sétif n'était pourtant pas si loin. La ville martyre, qu'habitaient encore tant de survivants des massacres du 8 mai 1945, se situait à deux cent cinquante kilomètres au sud-est d'Alger. Les routes étaient mauvaises et la circulation ralentie par les contrôles de sécurité. Brahim avait failli annuler leur périple. L'avant-veille, dix personnes, dont un vieillard, étaient mortes dans un faux barrage sur ce même trajet. Mima avait argumenté avec férocité : la surveillance militaire en serait renforcée ! Elle avait dû verser des larmes pour que son fils consente à la conduire. Elle espérait ne pas avoir eu tort.

La vieille dame s'agrippa à la rampe et, de sa main libre, saisit les poignées de son cabas. Elle tira. Son chargement descendit d'une marche.

— Lâche ça, maman !

Brahim accourut et prit le couffin. Comme il était lourd ! Qu'y avait-il à l'intérieur ? Brahim était presque arrivé en bas quand il s'arrêta :

— Je croyais que tu n'avais plus de pâtes pour la rechta ?

Mima balbutia. Il ne lui en restait en effet qu'une portion au congélateur. Cela n'aurait pas suffi pour leur repas à tous. Sourcils froncés, Brahim fouilla. D'énormes cocas dorés au four, dont la ratatouille débordait aux jointures de la pâte brisée, des *bradj* bien grillés, fourrés d'une épaisse couche de purée de datte comme il les adorait. De la méchouïa. Des carottes au cumin. Dans une bouteille en plastique, un liquide rouge foncé : de la chorba. Il se retourna vers sa mère.

— Tu sais qu'ils ne lui donneront jamais tout cela en prison ?

Mima haussa ses épaules élargies par les épaulettes. Elle saurait être persuasive. Les gardes n'avaient-ils pas une mère, eux aussi ? S'il le fallait, elle irait parler au directeur. Pourvu que son fils mange correctement. Croyait-il qu'elle avait mis ses plus beaux vêtements sans dessein ? Ils la prendraient au sérieux. Brahim hésita, puis sauta la dernière volée de marches. Il jeta le couffin dans le coffre. À peine voulut-il sortir du jardin qu'il cala. Il cogna le volant. Ne t'énerve pas, mon fils. Mima n'osa pas finir son geste. Ses doigts flétris restèrent à quelques centimètres de la manche de sa chemise. Une lueur de tendresse éclaira son visage. Elle sourit. Si Smaïl calait souvent au démarrage. Les nerfs des Bensaïd.

Brahim s'emporta. Comment osait-elle évoquer son père ? Il n'aurait jamais permis ce voyage. Il aurait renié un fils allié des terroristes. Mima se raidit sur son siège. Pitié. Pas maintenant. Bon. Brahim ralluma le moteur. Il avait promis de l'y emmener. Et les promesses engageaient. Mais qu'elle ne compte pas sur lui pour rendre visite à Hicham avec elle.

Mima resta silencieuse. Elle le savait. Au froncement de ses lèvres sur sa tasse de café ce matin, à la torsion de ses doigts, à son silence suspect, Mima avait su que Brahim exploserait. Mais elle n'imaginait pas que ce serait si tôt, dès leur départ. Elle avait prévu des cris pour leur retour, une fois la mission accomplie. Brahim avait toujours été ainsi. Petit déjà, il éprouvait le besoin de faire plaisir aux autres. Il s'énervait ensuite, fâché contre lui-même d'avoir cédé. La route devint cahoteuse. Mima serra fort la poignée de la portière. Elle espérait que ce voyage ne les mettrait pas en danger.

Selma chiffonna son brouillon. Le téléphone sonnait depuis plusieurs minutes et sa mère, dans la cuisine, feignait de ne pas l'entendre. Zyneb évitait autant que possible l'appareil. Trop de mauvaises nouvelles lui étaient parvenues par là. L'explosion d'une bombe dans le hall de l'aéroport où elle avait perdu un cousin. La décapitation d'une bénévole de la LADDH dans un faux barrage. Cette fois où Brahim l'avait appelée en larmes : ils avaient reçu, à l'hôpital, un cadavre d'enfant auquel on avait cousu une tête de chien.

Selma repoussa ses fiches de révisions et ouvrit grand la porte. Puisque c'était ainsi, elle irait le débrancher. En passant, elle jeta un coup d'œil à l'intérieur de la cuisine : Zyneb se tenait debout, appuyée à l'évier. Elle regardait le mandarinier dont les branches s'étendaient jusqu'à la vitre.

Le téléphone avait cessé de sonner. Au moment où Selma allait tirer sur la prise la sonnerie recommença. Et si c'était son père ? S'il leur était arrivé quelque malheur sur la route de Sétif ? Elle décrocha et entendit la voix de Ouahib.

— Je pars en France. Je ferme le club. Viens récupérer Sheïtane.

Qu'allait-elle faire du cheval ? Quel autre centre équestre voudrait accueillir un étalon aussi difficile ? Zyneb refusa la discussion avec sa fille. Vends-le, dit-elle simplement en haussant un sourcil. Je t'en conjure, vends-nous cette bête.

Cette bête ! Selma détestait ce terme pour désigner ses chevaux. Devait-elle rappeler à sa mère leur noblesse, leur statut particulier au sein du règne animal ? Autorisés à dormir sous la tente de leurs ancêtres, les Bédouins. Les seuls à posséder des pieds et non des pattes, une bouche, non une gueule. Zyneb ne l'écoutait déjà plus. Du vert striait le marron de ses yeux. Comme d'habitude, elle s'échappait par la pensée.

La nuit tombait. Les branches du néflier se fondaient dans l'obscurité. Selma guettait le retour de son père et de sa grand-mère. Dès qu'elle entendit la voiture, elle appela : Papa ! Elle se fichait bien de déranger les voisins, d'être réprimandée parce qu'elle le hélait tard et qu'elle agitait sans manière son bras à travers les barreaux. Brahim gara son véhicule dans le jardin à la hâte, en marche avant. Selma se dirigea vers la véranda dont la banquette, dans un instant, elle le savait, accueillerait son père. Brahim se déchausserait sans un mot puis allumerait une cigarette. Selma le laisserait profiter de ses premières bouffées de tabac avant de l'avertir de la situation préoccupante de Sheïtane. Il trouverait une solution.

Les portières claquèrent. Mima gravit silencieusement l'escalier d'albâtre à peine éclairé. Elle serrait un couffin vide dans ses mains. Elle ne dit pas bonne nuit à son fils.

Selma ouvrit la porte en bois blanc, puis la seconde, en acier et regarda son père monter les marches. Ses jambes paraissaient molles sous son pantalon de tweed. Ses épaules ployaient. Quand il aperçut sa fille, les yeux de Brahim se plissèrent. Il sourit. Selma oublia ce qui la tourmentait depuis le matin. Elle tendit les bras à son père et le serra contre elle. Elle ne mentionna pas Sheïtane, ni les appels qu'elle avait passés à d'autres centres équestres, tous complets, dans l'après-midi. Il serait bien temps, le lendemain, de lui annoncer le déménagement précipité de Ouahib en France. Tout cela parce qu'à l'aube il avait trouvé cinq terroristes endormis dans une stalle.

Zyneb en mules parcourait nerveusement la dalle du jardin. Il n'était pas sept heures. Tout le monde était endormi. Les oiseaux chantaient. Elle s'était réveillée en colère, encore plus agacée par les ronflements de Brahim. Un cheval ici ? Ce cheval ? Mordeur, botteur, qui ne respectait aucune autorité ? Pourquoi était-elle toujours obligée d'accepter les lubies de sa fille et de son mari ? Les sabots de Sheïtane ravageraient ses fleurs, retourneraient la terre qu'elle arrosait chaque jour.

Ses semelles raclèrent le sol jonché d'aiguilles de pin. Où le mettrait-on ? Et son crottin ? Devrait-elle en plus subir les odeurs pestilentielles ? Elle l'avait bien compris. Ce ne serait que pour un temps. Quelques semaines, à peine, jusqu'à trouver une solution pérenne. Mais s'ils ne la trouvaient pas ? Tant pis. Un jour où elle serait seule, elle ouvrirait le portail et laisserait le cheval s'enfuir dans la forêt. N'avait-on pas parlé d'un emménagement temporaire pour Maya également ? Au lieu de cela, la nouvelle habitante du rez-de-chaussée continuait à vider son frigidaire. À finir les portions de Jeune Vache que Zyneb conservait pour son petit-déjeuner.

À laisser des entames de cachir qu'elle rapportait de l'épicerie. Son père n'avait-il pas les moyens de la loger ailleurs ? Maya ne s'en irait que si Hicham revenait.

Elle ferma les yeux. Une pluie fine et froide commença à tomber. Elle leva le visage vers les nuages gris. Réveille-moi, crachin glacé, noie mes pensées. Ramène-moi à la pure matière de mon corps.

On avait attaché Sheïtane à une branche du figuier au fond du jardin. Autrefois, Selma aurait rêvé de cette proximité quotidienne avec l'étalon. Ainsi imaginait-elle son avenir avant son accident. Une maison au bord d'un pré. Pousser ses volets le matin et le voir, lui, son cheval, lui rendre un regard aimant.

Pourtant, depuis l'arrivée de l'animal, elle ne quittait presque plus sa chambre. Jamais elle n'avait été aussi assidue dans ses révisions. Ses parents s'étonnaient de la voir passer ses journées et ses soirées enfermée, au milieu des bols sales, des bouteilles de gazouze et des emballages de gâteaux d'importation. Selma avait développé un appétit féroce. Elle n'était pas grosse mais elle s'était empâtée. De la cellulite était apparue sur ses hanches, formant une excroissance disgracieuse appelée « culotte de cheval ». Quelle ironie.

Ce matin-là, Zyneb lavait la vaisselle quand elle se mit à hurler. Sheïtane se trouvait sous la fenêtre ! En liberté ! Broutant l'herbe près du mandarinier, traînant au bout de sa corde un bris de branche énorme qui avait saccagé la moitié des bégonias. Selma ! Elle tambourina à sa porte.

— Je dors !

Zyneb ouvrit et la vit assise à son bureau.

— Menteuse !

Selma hésita. S'obstiner ? Prétendre s'être réellement assoupie sur ses fiches ou bien se taire et laisser la vague déferler pour reprendre ensuite son apprentissage fastidieux ? Mais Zyneb ne lui laissa pas le temps de décider. Elle s'approcha du bureau, s'empara de la pile de notes et la jeta par terre.

— Mais tu es folle !

— Tu descends immédiatement t'occuper de ton cheval.

Zyneb l'avait pressenti. Elle avait vu Sheïtane faire ployer la branche trop fine du figuier. Elle avait demandé à Brahim de visser un anneau dans le mur et, bien qu'il l'ait promis, il n'avait rien fait. Elle se pencha à la fenêtre de sa fille. Oh non, ce n'était pas vrai. Du crottin dans l'hibiscus !

— Ça fera de l'engrais !

Selma s'enferma dans la salle de bains, la seule pièce disposant d'un loquet. Elle s'observa dans la glace au-dessus du lavabo. Des mèches s'étaient échappées de sa tresse durant la nuit. Elle retira l'élastique, défit le reste de sa coiffure puis ramassa le tout en un chignon sur le haut de son crâne. Sheïtane ne pourrait pas attraper sa chevelure par les dents. Sa main glissa sur la faïence. L'image de cette fillette au cuir chevelu troué lui revint. Comment avait-elle pu rester insensible aux blessures que l'étalon infligeait aux autres ? Ses mauvais comportements avaient même renforcé son amour pour lui. Ils lui avaient fait croire qu'elle était à part, élue.

— Selma !

Elle tira la chasse.

Était-il possible d'aller aux toilettes sans être harcelée ? Elle ouvrit grand le robinet, mouilla ses mains, frotta le coin de ses yeux en amande et envoya un dernier jet bien frais sur son front. Ce fut seulement lorsqu'elle retira la serviette de son visage qu'elle les aperçut par la fenêtre : Mima et Sheïtane. La vieille dame tenait l'animal par son licou. Elle le ramenait au fond du jardin.

Un mélange de honte et de jalousie brouilla un instant l'esprit de la jeune fille. C'était son cheval et Mima, la plus vulnérable de la famille, s'occupait de lui. Depuis quand leur lien existait-il ? Selma poussa le loquet et sortit en bousculant sa mère. Son pantalon de pyjama distendu manqua de la faire tomber dans l'escalier. Mima avait attaché l'animal à une branche plus épaisse et remplissait d'eau sa bassine. Quand elle vit arriver sa petite-fille, elle sourit. Il avait juste besoin qu'on s'occupe de lui, dit-elle en flattant l'épaule de l'animal. Le sourcil fendu de Selma trembla. Elle posa sa main à plat sur celle de sa grand-mère. Elles caressèrent l'animal ensemble.

Brahim avait descendu la moitié des marches de ciment quand il rebroussa chemin. Le fond de l'air s'était radouci depuis la veille. Il n'avait plus besoin de son pull en laine. Il le jeta sur la banquette et repartit d'un pas allègre, sa veste de costume pliée sur le bras et, dans sa main, sa mallette en cuir.

Il aurait préféré éviter ce déplacement à Boufarik, dans la plaine de la Mitidja. Bougara, une ville voisine, avait été décrétée capitale du califat par le GIA. Mais avait-il le choix ? Il devait bien faire vivre sa famille. Être en affaires avec un haut gradé de l'armée impliquait de se plier à son agenda. Leur importation de médicaments génériques – de « Taïwan », comme on les appelait – n'existerait pas sans ce colonel de l'aviation auquel il devait, ce jour-là, apporter sa commission. Il avait toujours eu confiance en son *zhar*, sa bonne étoile. Jusque-là, dans la guerre, elle ne lui avait pas fait défaut. La voilà d'ailleurs matérialisée sous ses yeux, au milieu des tiges et des bourgeons mauves : la première fleur du nouveau jasmin. Brahim l'arracha délicatement et la contempla entre ses doigts épais. Il la huma, avant de la déposer sur son tableau de bord.

N'avait-il pas, après tout, des raisons tangibles de se réjouir ? Cette pension enfin trouvée pour Sheïtane, certes loin, à Zéralda, à près de trente kilomètres sur la côte ouest, mais dans un endroit paisible, au bord de l'eau et d'un bosquet, et surtout, peu onéreux. Les difficultés de la guerre, les deuils partagés, ne lui avaient-ils pas permis de retrouver sa femme ? Les regards amoureux, les baisers longs et voraces, les secrets chuchotés sur l'oreiller avant de se blottir l'un contre l'autre étaient revenus. La vie était décidément trop belle pour laisser d'hypothétiques malheurs l'entacher.

Il roula plus d'une demi-heure. Le tracé des maisons s'espaça. Il leur manquait souvent un toit, un étage ou juste leur peinture, mais elles étaient toutes habitées. Au loin, une multitude d'orangers coloraient le paysage.

Une pancarte bilingue, en français et en arabe, annonça finalement Boufarik. Brahim respira. Bientôt il serait dans l'enceinte de la base d'aviation militaire. Protégé. Pour le retour, il demanderait à être escorté.

À l'entrée de la ville, un contrôle imposa un ralentissement. Brahim repassa la première. Il aurait pu doubler. Arguer du caducée collé sur son pare-brise. Mais les liasses de dinars contenues dans sa sacoche l'engagèrent à être prudent.

Il venait de passer le point mort quand il aperçut, à quelques mètres, rangée sur le bas-côté, une Audi grise dont la carrosserie était matifiée par la poussière. Trois kalachnikovs dépassaient des fenêtres. Soudain, une portière s'ouvrit et un homme gigantesque descendit de voiture. Calot, barbe, treillis et anorak beige : il ne s'agissait pas d'un militaire.

Brahim comprit qu'il était pris dans un barrage tenu par des islamistes.

Il regarda derrière. Il ne pouvait pas faire demi-tour : d'autres véhicules le suivaient. Il cacha à la hâte ses cigarettes. Il réfléchit. Au-devant, quelques voitures avaient été autorisées à circuler. Peut-être cherchaient-ils quelqu'un en particulier ? L'homme à l'anorak beige se promenait entre les files. Brahim se souvint de la bouteille de vin gris d'Aboukir qu'on lui avait offerte quelques jours plus tôt. L'avait-il bien montée chez lui ? La sueur fit glisser ses mains du volant. Il les frotta sur son pantalon. À part le bruit des moteurs, on n'entendait rien.

Soudain, le visage barbu apparut devant lui. L'homme à l'anorak observait le caducée sur son pare-brise.

— *Aya okhroudj* et gare-toi là.

Brahim obéit. Il coupa le contact. Et sa mallette ? Il n'osa pas la prendre. Il suivit l'islamiste jusqu'à leur véhicule où il dut s'installer. On banda ses yeux d'un foulard. Bon signe, pensa-t-il, s'ils ne veulent pas que je voie où ils m'emmènent, c'est qu'ils ne me tueront pas.

Au bout de quelques minutes de route, la voiture s'arrêta et ils en descendirent. Tenu par ses ravisseurs, Brahim dut grimper une côte à l'aveugle. Ses semelles s'enfonçaient dans la terre meuble.

Des voix masculines, s'exprimant toutes en arabe, se firent entendre. Quand on lui ôta son foulard, il se trouvait sous une grande tente plantée au milieu d'une orangeraie. Un jeune homme gisait sur un lit de camp. Un linge imbibé d'un sang noirâtre bandait son thorax.

— Soigne-le.

Brahim s'accroupit près du blessé et posa sa main sur son front. Il était brûlant. Ses yeux mi-clos le fixaient étrangement. Un très jeune garçon, coiffé d'un bandeau violet où était calligraphié « Allah », lui apporta un bac contenant plusieurs ustensiles. Brahim défit le bandage. Cinq balles s'étaient logées dans l'abdomen et entre les côtes. Il les retira. À la fin, le jeune homme le remercia d'un mouvement des paupières. Il était beau. La mollesse de ses lèvres, d'un rose très pâle, contrastait avec la vivacité de son regard. Ses traits parurent alors familiers à Brahim. Où l'avait-il vu ? Il préféra éviter d'être reconnu. Il se releva. L'homme à l'anorak l'interrogea pour savoir si le blessé était hors de danger puis, après avoir scruté longuement son visage, ordonna au jeune garçon coiffé du bandeau violet de le raccompagner. En un instant, Brahim fut à nouveau plongé dans le noir et traîné au pas de course au bas de l'orangeraie. Puis ils marchèrent sur le plat longtemps. Quand Brahim retrouva la vue, il était près de sa voiture. Le barrage avait disparu.

— Au revoir, toubib. Que Dieu vous garde.

Le jeune homme porta la main à sa tête.

— Pourquoi arbores-tu le nom de Dieu sur ton front ? lui demanda Brahim.

— Pour qu'Il me reconnaisse comme l'un des Siens si je tombe au combat, répondit-il sur le ton de l'évidence.

— Et le jeune homme que j'ai soigné, comment s'appelait-il ?

Le garçon hésita.

— Adel.

Ce fut seulement lorsqu'il disparut que Brahim sentit le parfum des orangers en fleur.

Deux ans plus tard

SEPTEMBRE 1997

Assise sur une estrade face à ses deux cents convives, Rachida Bensaïd s'éventait. La veste brodée de son caraco l'étranglait. Toute la chair de ses hanches avait dû être ramenée à l'avant afin de fermer le dernier bouton. Elle souriait à s'en cramper les joues. Elle ne voulait pas passer pour une mariée triste comme tant de ses cousines. Elle aimait Smaïl. Son jeune époux se tenait assis à côté d'elle, sur un trône en bois sculpté identique au sien. Rachida tourna vers lui son visage rosi par le manque d'air. Comme il était beau. Sa tunique noire et or rehaussait son teint mat. Ses yeux s'étiraient au-dessus de ses pommettes hautes. Elle aurait voulu l'embrasser. Éteindre la lumière de la salle des fêtes pour oser un baiser impudique. Ses cils enduits de rimmel papillotèrent : l'orchestre venait de s'arrêter. Que se passait-il ? L'un des musiciens avait fait tomber sa derbouka. Elle s'était brisée sur le carrelage. Le reste des instruments, les bendirs, les tambours légers, chutèrent eux aussi dans un tintamarre insupportable. Seul le flûtiste reprit son refrain. Le mouvement de ses doigts était saccadé, menaçant. Smaïl se leva.

Son corps vigoureux flottait dans l'ample jabador. Il allait intervenir, pensa Rachida. Au lieu de quoi il se baissa vers elle et, attrapant sa petite main ronde, lui susurra : Bientôt, nous serons réunis. Soudain, ce ne fut plus son visage mais celui du vieil homme. Il essaya de lui arracher son alliance. Elle recroquevilla les doigts et résista tant qu'elle put, mais la bague sauta et roula en tintant à travers la pièce.

Mima se redressa. La sueur avait imbibé ses draps et sa chemise de nuit. L'air qui entrait par la fenêtre la faisait frissonner. D'un tâtement du pouce, elle vérifia la présence de son alliance. Ce n'était qu'un mauvais rêve. Mais pourquoi entendait-elle encore ce tintement étrange ? Mima empoigna sa canne et se releva lentement. Une violente quinte de toux la fit se rasseoir. Des glaires rouges brillaient sur le sol. Elle massa sa poitrine et se releva, flageolante, pour s'avancer jusqu'à la fenêtre. Le bruit semblait provenir de la forêt. Mima observa les contours obscurs des pins et des chênes. Un rectangle de lumière se découpa dans le portail. La porte venait de s'ouvrir. Sa petite-fille et sa cousine s'y engouffrèrent l'une après l'autre. Où allaient-elles à cette heure-ci ? Mima entrelaça ses doigts aux barreaux, secoua la tête. Comment pouvaient-elles être si inconscientes ? Si seulement Brahim n'était pas devenu ce père démissionnaire, cet être fantomatique depuis son aventure dans le maquis. Il n'y avait que Zyneb pour oser affronter Selma. Mima n'avait jamais soupçonné une telle force chez sa belle-fille. C'était elle qui poursuivait Selma, à quatre heures du matin, quand elle rentrait en titubant, ses talons à la main, puant la cigarette et l'alcool. Elle qui hurlait pour la tirer du sommeil à midi en pleine semaine de cours. Elle, encore, qui essuyait ses regards haineux, ses soupirs agressifs. Combien de fois Mima n'avait-elle pas failli monter prendre la défense de sa bru quand elle avait entendu, à travers le mince plafond, les horreurs que sa petite-fille lui jetait à la figure ? Et dire que Zyneb avait fourni tous ces efforts pour des prunes ! Selma avait raté son année. Elle avait dû passer l'été à réviser dans l'espoir d'obtenir les rattrapages de septembre. Et voilà qu'à cinq jours des examens elle ressortait ! Et avec cette tête brûlée de Maya !

Mima ne supportait plus les élucubrations de la jeune blonde. Non, cette guerre n'était pas montée de toutes pièces par des militaires qui tireraient les fils du pays comme des marionnettistes. Les terroristes existaient. La preuve, ils avaient embrigadé son fils. Mima était persuadée que Hicham n'était plus tout à fait lui-même. Comment un esprit si critique, foncièrement rebelle, avait-il pu devenir si dogmatique ? Les persécutions de l'État n'avaient évidemment rien arrangé. Même les pervers deviennent chérissables quand on en fait des martyrs.

Sa toux reprit. Cette fois, le sang tacha son drap. Mima s'allongea sur le dos. Allons. Encore quelques heures de sommeil. Un grand travail l'attendait.

Maya s'étonna de ne pas rencontrer le contrôle militaire habituel sur leur chemin. Ils avaient dû se rendre sur place, pensa-t-elle, soudain excitée à l'idée de pouvoir documenter une opération en cours. Elle en avait assez d'arriver trop tard sur les lieux, de n'être bonne qu'à fabriquer des clichés dont les terroristes se servaient ensuite comme de trophées. Elle rêvait de les prendre en déroute. De les montrer faibles et fuyards. De donner à voir à la population, pour une fois, une image rassurante.

Elle roula jusqu'à ce que la forêt de résineux devienne moins dense et qu'elles distinguent, à travers les branches et les aiguilles, les contours obscurs du village. Elle eut un mauvais pressentiment. L'allée qui y menait était trop calme. Elle aurait dû voir des blindés garés au bout du chemin et entendre les tirs de l'opération de police fuser entre les frondaisons. Elle coupa le moteur, baissa la vitre. L'air glacial du bois s'engouffra dans la voiture. Ses épaules décharnées frissonnèrent. Celles de Selma, plus rondes, se voûtèrent. Selma marmonna. Pourquoi ne pas rebrousser chemin et revenir dans une heure, par exemple ? Quand la sécurité aurait bouclé le périmètre. Une chouette posa ses serres sur le capot. Ses yeux cerclés luisirent. Un mauvais présage, Maya. L'oiseau déploya ses grandes ailes de mousseline et s'envola. Voilà. Faisons comme elle. Déguerpissons discrètement. Selma attrapa la manche du chemisier de sa cousine. Elle tira. Allez, rentrons ! Pas question. Maya se dégagea d'un mouvement brusque. Je ne rentrerai pas bredouille. Ses lèvres se tordirent. C'était peut-être une fausse alerte. Ce ne serait pas la première fois que son contact se laissait abuser par des farceurs ou par sa bouteille de whisky. Mais elle voulait en avoir le cœur net. L'opportunité avait une odeur et elle la flairait. Une longue supplication suivie de gémissements douloureux figea les nuques des jeunes filles. Des voix d'hommes rudes proféraient des insultes en arabe dialectal.

— Mécréants ! Chiens ! Vous êtes tous des mécréants ! Vous êtes à la solde des mécréants !

Selma attrapa le poignet maigrelet de sa cousine. Allez, Maya, rallume le moteur ! Maya ouvrit la portière et susurra du bout de ses lèvres gonflées par le mépris :

— Tu n'as qu'à rester cachée là, si tu y tiens.

L'inconsciente, l'écervelée, la lâcheuse arrogante qui ne montrait plus que le dos de sa chemise, pressée qu'elle était d'avancer sur la terre piquée d'aiguilles, serrant son appareil photo contre elle comme un talisman stupide. La portière resta ouverte. Un air spongieux s'engouffra, hérissant les pores de Selma. Chair de poule pour chair de poule, autant être une volaille en mouvement. Son cœur battait si fort qu'il lui causait une douleur intense dans la poitrine. Allait-elle mourir d'une crise cardiaque ? Elle prit une grande inspiration, sortit et marcha. Les ténèbres lui laissaient à peine distinguer la pointe de ses chaussures quand elles écrasaient des pommes de pin. Maya barra sa bouche de son index verni. Elle était excédée. Ne pouvait-elle pas faire attention ? Ce n'était pas un jeu. Elles se trouvaient désormais à l'orée du bois, en contre-haut du village. Il y eut un autre cri et Maya attrapa la main de Selma, l'entraînant à genoux dans un buisson de bruyère.

Sidi Youcef s'étendait devant ses yeux, avec son caroubier immense et ses maisonnettes aux toits de tuile. Deux camions étaient garés près de l'arbre dont le feuillage, sous les phares, brillait comme une chevelure rance. Les rongeurs, les lapins sauvages qui menaçaient autrefois de la mordre quand elle accrochait les rênes de Sheïtane avaient dû s'enfuir. Le village baignait dans le noir. Selma distinguait seulement les maisons les plus proches des véhicules. Un, deux, trois, quatre. Elle reconnut celle d'Adel et crut apercevoir, derrière la fenêtre, une ombre immobile.

C'est alors qu'elle les vit. Elle comprit qui ils étaient à leurs armes – haches, machettes, couteaux ou sabres ensanglantés – qu'ils tenaient négligemment dans leurs mains. Ils n'avaient pas de barbes, ou alors elles étaient fines – sauf pour l'un d'eux dont les poils du menton avaient poussé si bas qu'ils s'emmêlaient au-dessus de son ventre. Celui-là portait aussi une gandoura en laine rêche. Les autres avaient des cuisses maigres, flottant dans des jeans élargis par l'usure. Des chèches sales, au tissu distendu, enserraient mollement leurs crânes. L'un d'eux s'arrêta devant la maison d'Adel et le barbu fit non de la tête. Ils se disputèrent. Une famille en fuite les interrompit. Un père, une mère et leurs cinq enfants couraient vers la forêt. Les terroristes les encerclèrent.

Maya geignit. Selma glissa sa main à travers les branches cassantes du buisson et les cousines entrelacèrent leurs doigts. Le père suppliait. Prenez-moi par pitié mais laissez partir mes enfants et mon épouse enceinte. Pour toute réponse, le jeune qui avait voulu entrer chez Adel brandit son sabre et décapita la femme. La tête voilée roula dans la poussière. Les traits du mari se déformèrent hideusement. Vite. Il rassembla ses enfants dans ses bras et leur commanda de prier, de réciter à voix haute la sourate « An Nas » pour solliciter la protection du Tout-Puissant. Les terroristes s'approchèrent en les insultant, en brandissant des armes étincelant dans la lumière. Selma ferma les yeux. Pas question qu'elle emplisse sa cervelle de ces images. Mais elle ne pensa pas à se boucher les oreilles. Ses lobes duveteux, percés de puces émeraude, frémirent à chaque claquement de la hache sur la dalle. Puis venait un long râle, caractéristique des égorgements. Maya lui tapota doucement le bras. Regarde. Non. Elle secoua la tête avec vigueur. Regarde, je te dis. Selma entrouvrit les paupières. À quelques mètres d'elles se tenait un jeune homme au beau visage. Il portait un chèche noir et des baskets recouvertes d'aiguilles de pin. Il revenait du bois. Sa lame gouttait sur le sol. Selma, non ! Trop tard, elle était sortie du buisson. Elle se dressa face à lui. Ils se regardèrent. Le jeune homme finit par détourner la tête et sauter au bas du talus. Il essuya son sabre sur le tronc du caroubier. Il ne se retourna pas. Les autres s'adressèrent à lui avec déférence. Adel.

Combien de temps passa jusqu'à l'arrivée de l'armée ? Selma l'ignorait. Maya et elle restèrent cachées bien après le départ des terroristes. L'immobilité leur causait des élancements dans les genoux. L'air froid de la nuit gelait leur peau.

Quand les soldats quadrillèrent le village, Maya bondit du buisson. Elle cria, d'un timbre rauque que Selma ne lui connaissait pas. Les torches se braquèrent sur son visage. Maya fondit en larmes. Les militaires avancèrent prudemment vers elles. Selma ne réussit pas à se lever. Elle ne parla pas.

Elles attendirent dans un des blindés de l'armée, silencieuses, emmitouflées dans des couvertures de survie qui ne les réchauffaient pas. Le jour se leva et Maya dit qu'elle voulait prendre quelques photographies. Les oiseaux chantaient. Un bulldozer creusait la terre du cimetière voisin. Sur la place du village, des médecins en blouse recousaient les cadavres. Les têtes tenaient au corps grâce à du gros fil. Les éventrements avaient été refermés. Parmi les morts, il y avait Mahfoud, le père d'Adel, reconnaissable à ses épaules larges, sa moustache fournie. Sa femme Hakima pleurait, à genoux dans la poussière. Aïcha et son frère étaient debout. La petite fille fixait le visage de son père.

Quand elles prirent le chemin du retour, Maya s'emporta :

— Ils le paieront.

— Qui cela ?

— Les généraux.

Selma n'argumenta pas. En avait-elle la force ? Qu'il y ait des zones troubles, des règlements de comptes entre clans militaires, des liquidations d'opposants attribuées aux islamistes comme sa cousine le prétendait, était envisageable. Mais elle ne pouvait concevoir que l'armée, censée les protéger, ait organisé, ou même laissé faire, un tel massacre.

— Que fais-tu ?

Maya n'était pas descendue de voiture. Le moteur tournait.

— Je vais au journal.

Maya roula vite. Elle ne cessait de jeter des coups d'œil dans le rétroviseur. Étrange que personne ne la suive. Elle était persuadée d'avoir pris une photographie de première importance. La preuve de ce qu'elle, Youssef et quelques autres avançaient depuis des mois : l'implication de l'armée dans les crimes imputés aux terroristes. Elle devait la développer au plus vite et en confier plusieurs copies à des amis. La jeune femme leva le frein à main. Elle regarda à gauche puis à droite. À part l'épicier qui ouvrait sa boutique, il n'y avait personne dans la rue. Elle serra son appareil contre sa poitrine.

Quand elle posa le pied à terre, elle sentit un frottement contre sa cheville. *Assab!* Le chaton se sauva. Puis il l'observa de son seul œil valide – l'autre était crevé. L'épicier, qui suspendait des régimes de bananes devant sa porte, leva le menton en direction de la jeune femme.

À peine vingt mètres la séparaient de l'entrée du journal. Que pouvait-il lui arriver ? Et si le tueur était caché ? Sa collègue Naïma avait bien été assassinée là, sur ce trottoir. Ils l'avaient abattue en plein jour, à midi, alors qu'elle allait chercher des sandwichs pour le reste de l'équipe.

Maya courut. Elle déverrouilla la porte métallique, s'engouffra à l'intérieur puis referma. Elle monta les marches deux par deux. Elle détestait être seule dans le bâtiment vide. Une fois dans la chambre noire, elle s'enferma à double tour et emplit la première cuve.

Peu à peu, l'image apparut dans le liquide du révélateur. La cour de l'école primaire où quatre-vingts cercueils, cloués à la hâte, avaient été entreposés. Deux hommes se tenaient au fond de la cour. Ils discutaient. Elle sortit la photo de la cuve. On reconnaissait mal Sofiane mais elle était sûre que c'était lui. Que faisait un fils de général, sans aucune fonction officielle, au petit matin sur les lieux d'un massacre ? Alors qu'aucun journaliste n'était encore averti ? Elle fit sécher la photographie.

— Où l'as-tu cachée ?

Selma, en tee-shirt et en culotte, s'était dressée au-dessus de la chaise de sa mère.

Elle s'habillait dans sa chambre lorsqu'elle s'était aperçue du larcin de Zyneb : lui confisquer son permis de conduire ! En être réduite à cela ! Pitoyable. Zyneb n'avait pas cherché à nier. De toute façon elle mentait comme une huître. Elle n'avait qu'à le dire franchement, assumer pour une fois, qu'elle préférait la voir broyer du noir ici plutôt que de la laisser s'égayer à un concert avec Maya et ses amis de l'école vétérinaire.

— Brahim, supplia Zyneb.

Il haussa les épaules. D'un air absent, il racla le fond de sa coupelle de mahalbi. Mima n'avait pas mis de fleur d'oranger dans le lait. Depuis l'épisode de Boufarik, Brahim n'en supportait plus l'odeur. Les trois femmes le fixèrent, attendirent, mais il garda le silence. Les doigts maigres de Zyneb pianotèrent sur la table. Elle aurait voulu secouer son mari. Tirer ses cheveux blanchis. Lui balancer, pourquoi pas, l'eau des artichauts qui bouillait sur la gazinière.

— C'est simple, si tu ne me dis pas immédiatement où se trouve mon permis, je vide ton armoire.

Zyneb se leva. Très bien. Puisque Brahim était lâche, puisque Mima, prise d'une quinte de toux subite, en avait profité pour s'éclipser, puisque personne dans cette famille ne la soutenait dans ce geste, certes désespéré mais commandé par l'instinct maternel – devait-elle le préciser ! –, puisque personne ne voulait l'aider à protéger cette gamine dénuée, et cela depuis toujours, du sens de sa propre préservation, alors elle plierait. Elle ne pouvait pas combattre seule.

Zyneb revint avec le petit carton rose. Tiens. Débrouille-toi. Lorsqu'elle entendit la voiture de Selma démarrer, elle releva la tête vers son époux :

— S'il lui arrive quoi que ce soit, je ne te le pardonnerai jamais.

Selma se gara. *Hak*. Le gardien saisit la pièce de cinquante dinars et partit. Le parking était presque plein. Sa mère n'y comprenait décidément rien. Les gens voulaient sortir, continuer à vivre librement. De toute façon, ce soir à Alger, personne ne dormirait.

Elle ouvrit son sac pour la fouille de rigueur. Une femme d'une cinquantaine d'années, une fausse blonde aux cheveux brûlés par les brushings, lui tâta les hanches, les cuisses, le ventre puis le dos. Elle reconnut l'odeur de la salle de concert, ce mélange caractéristique de sueur, de tabac et de boisson. Une gigantesque affiche du groupe Micro Brise le Silence surplombait la caisse. Un billet, s'il vous plaît. La femme lui sourit. C'était le dernier.

Ouled el Bahdja, les enfants de la Radieuse : ainsi ce groupe à succès de Hussein Dey avait-il titré son premier album. Selma s'arrêta. Elle n'avait jamais perçu la triste polysémie du surnom donné à Alger : la Radieuse. N'appelait-on pas aussi « grand sourire » l'égorgement durant la guerre d'indépendance ?

La salle était comble. La fumée des cigarettes opacifiait l'air. Selma se dirigea vers le bar où elle espérait trouver ses camarades de l'école vétérinaire. *Smahli, samhili.* Les gens s'écartèrent en l'observant. Ce qu'elle avait vu était-il inscrit sur sa figure ? Ou avait-elle abusé du maquillage ? Elle continua à avancer, aérienne dans ses tennis de toile bleue, son jean clair ceinturé haut sur sa taille, sa chemise large, portée ouverte sur son tee-shirt. Le khôl accentuait la pâleur de son teint. Une main lui pressa l'épaule.

— Sofiane !

Elle le croyait déjà parti. Lui avait-il menti ? Il s'adressa à elle d'une voix douce. Il était content de la voir. Il avait différé son départ d'une semaine. Il lui saisit le bras. Selma le regarda. Un tee-shirt en coton blanc moulait son torse musclé. Il était beau mais non, ce soir-là, il ne l'attirait pas. Elle s'aperçut qu'une brune aux sourcils abusivement épilés la fixait d'un air hostile.

— Selma, Katia..., commença-t-il.

— Ne te fatigue pas.

Selma disparut dans la foule. Elle n'avait pas d'énergie à dépenser dans la rivalité féminine. Ses amis l'accueillirent avec chaleur. Les questions furent pudiques. Avait-elle soif ? On lui apporta une gazouze dans une bouteille en verre. Selma se mit à décrire les tueurs. D'apparence banale, un jean et des baskets. Pourquoi le mentionnait-elle ? Elle avala une gorgée fraîche, laissa les bulles picoter son palais. Elle revit Adel. Son expression impénétrable quand ils s'étaient regardés. Avait-elle besoin de se faire pardonner ? De faire comprendre à ses amis que les terroristes étaient parmi eux et que n'importe qui pourrait les avoir côtoyés ? Les avoir aimés ? Son silence fut interprété comme une invitation à changer de sujet.

Des plaisanteries fusèrent et Selma rit. C'était devenu une compétence nationale : l'art de passer du tragique au comique, de désamorcer la mort d'un bon mot.

Maya les rejoignit. Elle s'était changée. Elle portait une blouse orange large, un fuseau noir et des escarpins beiges. Elle salua le groupe puis susurra à Selma :

— Tu as vu qui était là ?

— Sofiane, répondit-elle, fatiguée par l'animosité de sa cousine à l'égard du jeune homme.

— Ne t'avise pas de l'approcher.

Pardon ? Selma lui jeta un regard haineux. Pour qui se prenait-elle ? Croyait-elle avoir des droits sur eux parce qu'au collège Sofiane et elle avaient échangé des baisers ? Détenir la moindre autorité sur elle ? La salle rugit. Les cinq membres du groupe venaient d'entrer sur scène.

La chanteuse lui parut sympathique, avec ses joues rondes dégagées par une demi-queue, sa robe noire longue dont le seul ornement était une encolure aux motifs berbères. Sous d'épais sourcils parfaitement brossés, ses yeux se plissèrent pour se protéger de l'aveuglement des projecteurs. Elle était encadrée par les quatre garçons du groupe. Ils étaient maigres. Leurs torses et leurs jambes flottaient dans des vêtements démesurément larges, pantalons, polos ou chemisettes. Les lèvres de la jeune femme s'approchèrent du micro. Sa voix tremblait.

— Ce soir, pour Alger endeuillée, nous commencerons par « Les Hirondelles ».

Quelques sifflements ainsi que des applaudissements timides se firent entendre. Les premières notes, mélancoliques, résonnèrent dans les haut-parleurs. *La guerre a déployé ses peurs. Les hirondelles ont quitté cette terre pour l'éternité.* Selma sentit ses épaules se relâcher, ses paupières picoter. Elle aurait voulu s'asseoir par terre. S'endormir, bercée, sur le sol. *Ou-ou-assassin de l'humanité!* Un des chanteurs rompit le rythme et la musique se fit plus entraînante. Il tenait son micro à l'envers, tête vers le bas. *Vous avez chassé les hirondelles, et moi, je les appelle à planer sur nos terres!* La main de Maya se glissa dans la sienne. Selma la serra. Elle revit son oncle, au printemps, n'osant pas tirer les volets de peur d'effrayer les hirondeaux à la fenêtre de sa chambre. Elle revit Adel et Sheïtane. Les oiseaux qu'ils épouvantaient de leurs galops dans les bois.

À la sortie du concert, les jeunes femmes croisèrent Sofiane. Ne voulaient-elles pas les suivre? Il organisait une soirée chez lui. La brune hostile les toisa, ce qui donna envie à Selma d'accepter mais Maya répondit avant elle :

— On ne mettra pas les pieds chez toi.

Sofiane cligna des yeux et échangea un regard hébété avec Selma. Quelle mouche avait piqué sa cousine? Finalement, il ricana.

— On m'avait dit que tu étais devenue folle.

Il disparut, talonné par la petite brune.

— Pourquoi? s'emporta Selma dans la voiture.

— Tu dois cesser tout échange avec lui.

— Mais je fais ce que je veux!

Maya tira sur la manche de sa chemise.

— Sofiane est impliqué dans le massacre de Sidi Youcef.

Selma l'observa. Ses paupières tressautaient, ses épaules étaient secouées de tics nerveux.

— Il a raison. Tu débloques.

Selma démarra, mais Maya reprit :

— Tu ne t'es pas demandé pourquoi personne n'est intervenu ? Pourquoi les militaires des casernes voisines n'ont pas répondu aux appels à l'aide ?

— Parce qu'ils avaient peur d'être piégés. C'est la guerre, Maya. Tout le monde a peur. L'uniforme ne prémunit pas de cela. Tu sais comme moi que beaucoup de soldats sont morts dans les traquenards des terroristes. Dans de faux appels à l'aide.

Maya ricana.

— Sidi Youcef se situe dans une des zones les plus militarisées du pays.

Selma posa sa main sur son épaule.

— Écoute, je sais que c'est dur à admettre, mais c'est ainsi : les islamistes sont devenus plus forts que nous. L'État ne peut plus nous protéger.

Maya eut un rictus nerveux.

— Alors explique-moi ce que Sofiane faisait à Sidi Youcef au petit matin.

Selma écarquilla les yeux.

— Tu l'y as vu ?

— Je l'ai photographié.

Maya alluma le plafonnier, ouvrit son sac et en sortit une enveloppe.

— Arrête-toi et regarde.

Selma freina puis coupa le contact. Pendant ce temps, Maya sortit acheter une cigarette à un jeune vendeur ambulant. Quand elle revint, Selma la fixait.

— Alors ? demanda Maya.

— Ce n'est pas lui.

— Mais regarde mieux ! s'emporta-t-elle. N'as-tu pas remarqué qu'il portait la même casquette tout à l'heure ?

Les narines de Maya s'étaient dilatées. Ses paupières, alourdies par la fatigue, continuaient de trembler. Selma secoua la tête tristement puis lui rendit le tirage.

— Je suis navrée mais tu te trompes. Il lui ressemble peut-être mais, si tu fais attention au détail des traits, ce ne sont ni son nez ni sa bouche. Quant à la casquette, tout Alger porte la même. Ce n'est pas Sofiane, je suis formelle. Et désolée si tu préférerais que cela soit autrement.

— Tu es aveuglée par lui. Comme autrefois tu l'étais par Adel.

Selma retint sa main sur le volant. Elle aurait pu projeter la tête de Maya contre la vitre, lui faire mal et en éprouver du plaisir. Elle frissonna. La violence les contaminerait-elle donc tous ? Elle s'efforça de fixer la route. À quoi bon poursuivre cette conversation ? Maya changeait rarement d'avis, surtout si c'était aussi celui de Youssef, devenu, au fur et à mesure de la guerre, une des voix du complotisme. Les cousines ne se parlèrent plus jusqu'à leur arrivée à El Hammamet, où un étrange attroupement les attendait.

— *Ahabssi !*

Selma écrasa le frein. Un Patriote, un milicien armé par l'État, tapa brutalement à sa vitre.

— Interdit aux non-résidents.

Selma regarda au-devant. Une barrière improvisée, faite de soudure de tôle et de tuyaux, empêchait l'accès à leur quartier. Que se passait-il ? Un voisin accourut. *Banate el houma*, rassura-t-il le Patriote. Il leur expliqua qu'il y avait eu des hurlements terribles en bas d'El Biar. La panique avait remonté la baie comme une ola dans un stade. Les gens étaient partis de chez eux, avec ou sans valises. Quelques heures plus tard, on avait appris qu'il s'agissait d'une dispute conjugale. Les jeunes femmes se regardèrent, stupéfaites. Selma n'en revenait pas. Maya éteignit sa cigarette en ricanant. Voilà où menait le laisser-faire de l'État. Ou le laisser-tuer, plus exactement. Les gens n'allaient pas tarder à craquer. À Alger, le trafic de calmants se développait depuis des mois. Un de ses collègues venait d'écrire un article sur le sujet. Et maintenant, les Algérois ne cherchaient plus de drogue mais des armes. Certains passaient même la nuit avec une hache sous leur oreiller. Une affaire de semaines avant que cela n'éclate. De jours peut-être.

Selma roula jusqu'à chez elle. Elles croisèrent des voisins munis de barres de fer et de pelles. Une fois dans le jardin, elle soupira. Elle voulait dormir. Dormir durant des jours, des semaines même, et que tout ait pris fin à son réveil. Maya ? Sa cousine s'était figée. Elle fixait le muret autrefois construit par Hicham. Brahim l'avait fait rouvrir. Un drap blanc, plié en deux, y avait été déposé. Maya le tira à elle et quelque chose tomba par terre. C'était un morceau de savon. Les jeunes femmes poussèrent un cri. L'invitation aux dernières ablutions. La condamnation à mort des terroristes. Selma prit sa cousine par l'épaule. Viens. Ne dors pas seule cette nuit. Maya secoua la tête. La menace ne venait pas des islamistes. Elle en était convaincue. C'était l'armée qui cherchait à lui faire peur. Pourquoi ? Elle ignorait comment, mais ils avaient dû avoir pris connaissance de la photographie. S'ils la tuaient, ce ne serait pas ici. Quoi qu'il en soit, ils feraient porter le chapeau aux islamistes. Les yeux pleins de larmes, Selma s'écria :

— Tu perds la boule !

Maya la repoussa.

— Tant pis pour toi si tu es naïve !

Elle s'enferma chez elle.

Selma se blâma en montant les marches. Que lui avait-il pris ? Elle n'aurait jamais dû révéler le fond de sa pensée à sa cousine. Depuis l'assassinat de Naïma, Maya était devenue instable, irrationnelle. Selma devait redescendre et insister pour qu'elle monte dormir avec elle. Réveiller ses parents pour établir des rondes de veille. Mais elle savait que Maya ne céderait pas. Elle verrouilla leur double porte et vérifia qu'aucune fenêtre n'était restée ouverte dans les pièces communes. Elle posa sa tête sur l'oreiller et ferma les yeux. Pourquoi Mima toussait-elle autant ?

Les semaines passèrent. Selma se rendit à ses examens de rattrapage dans un état second. Les résultats furent suffisants pour l'autoriser à passer au niveau supérieur. Elle et Maya continuèrent à se parler mais elles ne revinrent jamais sur la photographie ni sur les menaces trouvées le soir du massacre. Elles n'évoquèrent pas non plus Adel. La vie continuait, à la condition de garder ces silences étranges, nécessaires au maintien d'un contact chaleureux entre elles mais, et cela Selma seule le sentait, profondément destructeurs de leur lien.

Un matin, un bruit assourdissant la réveilla. Elle se massa le crâne en grommelant. N'aurait-elle donc jamais de répit? Elle n'avait réussi ses examens qu'au prix de plusieurs nuits blanches. Elle devait reprendre des forces. C'était un bruit de tronçonneuse atroce. Comme s'il n'y avait pas une mais des dizaines de machines. Elle se leva. Le carrelage était glacé sous ses pieds nus. Comme l'automne était arrivé vite cette année. Elle ouvrit les volets.

Nous contemplons certains paysages depuis notre enfance sans imaginer qu'ils peuvent disparaître. Ils sont comme des êtres familiers ou certaines odeurs et saveurs qu'on a connues depuis tout petits : un refuge et, quand tout vacille, ce qui nous raccroche au monde tangible. Selma avait toujours ouvert ses volets sur les arbres de Baïnem. Elle y avait vu chaque jour depuis sa fenêtre les oiseaux y établir la demeure de leurs chants. Les feuilles rougir puis tomber. Elle avait vu reverdir les arbres au printemps. Ils avaient été les témoins de ses émotions les plus secrètes, hontes de l'adolescence et premiers émois amoureux. Maintenant ils gisaient là, au bord de la route. Leurs troncs avaient été coupés puis chargés dans des camions. Des cagettes, pensa-t-elle. Voilà ce qu'ils en feront. De quoi transporter des patates terreuses et des cardons. Était-ce donc là la destinée de sa forêt ?

Elle sortit de sa chambre en pleurant. Maman ! Zyneb n'entendait rien. Elle avait monté le volume de la télévision. Le visage de la princesse Diana apparaissait à l'écran. Encore un reportage sur elle ! Selma en avait assez de sa coupe au bol et de ses joues roses. Assez d'entendre parler des malheurs de la couronne anglaise quand pas un mot n'avait été prononcé sur Sidi Youcef à la télévision algérienne. Ils n'avaient pas non plus mentionné les tueries de Raïs et de Bentalha, deux villages de la banlieue algéroise. Comment blâmer sa mère après tout ? Zyneb n'était pas la seule. Dans les immeubles où les paraboles avaient poussé comme des champignons, l'Algérie entière se passionnait pour la princesse tuée dans un accident. Puisqu'ils ne pouvaient nommer les personnages de leur propre tragédie, les Algériens en avaient choisi une de substitution. Que sa mère se téléporte quelques heures à Windsor si cela lui faisait du bien. Baïnem disparaissait et ni elle ni personne n'y pouvait rien.

Selma chaussa ses baskets et descendit trouver Maya.

Sa cousine s'apprêtait à sortir. Elle avait revêtu son anorak kaki et passé la sangle de son appareil photo autour de son cou. Elle se réjouit de la voir. Elle voulait lui proposer de l'accompagner mais n'avait pas osé la réveiller. Où ? demanda Selma. À Baïnem. Au centre équestre. Ils ont tué les terroristes qui vivaient dans les écuries. Alors, tu viens ? Selma fronça les sourcils, rendant sa cicatrice plus apparente. D'accord.

Un véhicule militaire les attendait. La journaliste ne pouvait pénétrer la zone qu'accompagnée par eux. *Oua hadiya, chkoun ?* s'enquit le chauffeur en regardant Selma avec suspicion. Ma cousine. Une ancienne cavalière de Baïnem. Elle vient m'aider. Le soldat démarra.

Ils roulèrent à travers les souches d'arbres et les buissons de fougères calcinés. Elles apprirent que les forces de l'ordre avaient abattu Hocine Flicha, que le GIA avait proclamé émir pour la zone d'Alger. On racontait qu'il s'agissait d'un ancien vendeur de drogue, monté en grade chez les islamistes. La rumeur lui attribuait le massacre de Sidi Youcef.

— Ils ont aussi eu ses dix lieutenants ! ajouta Maya, agacée de se voir expliquer une information qu'elle avait déjà.

Elle ne s'aperçut pas de la grimace que fit Selma. S'ils avaient eu tous ses lieutenants, alors ils avaient eu Adel.

Ils se garèrent. Les toits des écuries avaient perdu de nombreuses tuiles. Les façades étaient trouées. Selma sortit de la voiture et se dirigea vers le premier bâtiment. Elle passa à côté de deux soldats sans répondre à leur salut. De hautes herbes avaient envahi le couloir. Les portes des box avaient été arrachées. Des pans de murs entiers s'étaient effondrés. Selma marcha jusqu'à atteindre le troisième bâtiment, celui, autrefois, de Sheïtane.

Un vent humide traversait l'édifice délabré. La stalle lui parut plus petite et plus sombre. Le carreau de la lucarne avait été brisé. Une lumière grise presque blanche pénétrait la pièce. Une couverture avait été roulée dans un coin. Sans se préoccuper des morceaux de verre qui craquaient sous ses semelles, Selma entra pour déchiffrer les graffitis sur les murs. Elle passa ses doigts sur les rainures creusées dans le plâtre. Elle trouva ce qu'elle cherchait : عادل. Pourquoi avait-il écrit son prénom ici même ? Pour elle ? Un rire aigu s'échappa de sa gorge. Selma envoya son poing cogner le mur. Puis elle frappa avec ses pieds et ses paumes qui se blessèrent. Entrée derrière elle, Maya la prit dans ses bras.

Selma attendit sa cousine en reproduisant le tracé de l'ancienne carrière. Les barrières avaient disparu, mais elle pouvait se souvenir de l'endroit exact où passait la piste. La terre de la forêt avait recouvert le sable. Des orties avaient poussé çà et là. Son paradis d'antan s'était transformé en refuge de sanguinaires. N'existe-t-il donc aucun lieu où le bonheur dure ?

Mima inspectait les vestiges de la forêt en secouant la tête. Qu'importait. Les arbres repousseraient. Baïnem n'avait-elle pas été incendiée au commencement de la guerre contre les Français ? Cette guerre-là aussi trouverait son terme. Lequel ? Il n'y aurait pas d'euphorie, de jours de liesse identiques à ceux durant lesquels elle, jeune fille exultante, noyée dans la foule, avait fêté l'indépendance. Il n'existait pas d'issue heureuse à une guerre civile. Justice serait-elle seulement rendue ? Un jour peut-être. Mais elle ne serait plus là pour le voir.

Elle grelotta. Elle avait pourtant sorti les vêtements hivernaux de leur housse. Elle s'était enveloppée des épaules jusqu'aux chevilles dans un épais peignoir en laine. La vieille dame resserra le nœud à sa taille et sa toux reprit. Du revers de la manche, elle essuya le coin de sa bouche. Ses lèvres amincies, d'un violet presque marron, se tordirent de dégoût. Le tissu était taché. Allons. Elle avait tant à faire aujourd'hui. Encore un bac du congélateur à emplir – le dernier. Des gâteaux : sa touche finale. Ses chaussons traînèrent sur le carrelage du couloir. Elle toussa à nouveau et une longue glaire rouge atterrit sur les motifs bleus et beiges. Elle nettoierait plus tard, une fois sa tâche accomplie. Personne ne lui rendrait visite avant le déjeuner.

Sur la nappe, elle déposa une bassine rose qu'elle dut lâcher pour plaquer ses mains sur sa bouche. Elle laissa la quinte de toux passer puis lava les crachats sur ses doigts. Elle décida de nouer un torchon autour de sa tête. Mieux valait cuisiner masquée si elle voulait éviter de souiller ses pâtisseries. Le visage couvert du nez au menton, elle commença à verser la farine.

Elle pétrissait sans force ce matin-là. Les œufs jaunissaient la pâte. Le sucre la pailletait. Arrosant le tout d'un filet d'eau, Mima forma une boule compacte qu'elle recouvrit d'un linge. Il n'y avait plus qu'à attendre que la pâte repose. Puis elle l'étalerait et moulerait ses gâteaux avant de les enfourner. Lorsqu'elle dénoua le torchon, elle cria. Des crachats rouges avaient coulé dans les flétrissures de ses seins. Elle s'essuya puis jeta le torchon sale à la poubelle. Elle était parvenue à cacher sa maladie. Le secret médical. Une notion impossible à faire valoir dans un pays où la famille est érigée en valeur nationale. Pourtant, elle avait réussi à apitoyer son médecin. Supporterait-il, lui, de recevoir des adieux anticipés ? Des embrassades sans fin comme s'il avait déjà un pied dans la tombe ? Mima voulait rester vivante jusqu'au bout.

Elle ouvrit le congélateur pour contempler son œuvre. Trois kilos de méchouïa. Un compartiment entier de boulettes de viande au persil. Des litres de chorba solidifiée dans des sacs translucides. Il suffirait à Brahim, Zyneb et Selma de les décongeler. Elle leur épargnerait ainsi une part du travail.

Les funérailles duraient traditionnellement trois jours.

Trois journées entières, après l'enterrement, durant lesquelles la maison devait rester ouverte aux visiteurs venus présenter leurs condoléances. Le premier jour était réservé aux proches. Le deuxième aux connaissances plus lointaines et le troisième aux pique-assiettes. À toute heure, il fallait pouvoir restaurer les hôtes d'un plat chaud.

Un nouvel accès de toux secoua la vieille dame. Elle claqua la porte du congélateur. Du sang coulait sur la paroi blanche. Mima massa son torse brûlant. Puis elle s'agrippa au rebord de la table et se souleva. Allons. Rien ne servait de se pelotonner sur le sol. Elle défroissa soigneusement son peignoir. Un martinet siffla à sa fenêtre. Comme son allégresse était douce. Elle eut alors l'idée d'enclencher le radiocassette. La voix de Warda retentit. *Haramt ahebak*, *ahebak*, je me suis interdit de t'aimer, de t'aimer, *mateheb nich*, tu ne m'aimes pas. Mima remua ses lèvres minces. La lumière était vive ce midi. Elle augmenta le volume et ses hanches dessinèrent de minuscules cercles dans les airs. *Haramt ahebak*. Sa chevelure dégarnie, roussie par le henné, voltigeait autour de ses tempes. *Haramt ahebak*, *ahebak, ahebak*. Il n'y avait plus de toux. Plus de nœud au ventre causé par son amour angoissé pour ses enfants. Même le manque de Si Smaïl devint léger. Les couleurs du jardin éclataient entre ses cils. Elle était ivre. De musique et des battements dans sa poitrine. *Haramt ahebak*. Elle tournoya, gracile, transportée, jusqu'à ce que sa joue, plus froide que le carrelage, vienne s'y écraser.

Les mains de Selma serrèrent les barreaux de sa chambre. Suivi de près par deux policiers, Hicham venait d'entrer par le portail orange. Son visage triangulaire s'était empâté et durci. Ses cheveux, coupés très ras, dégageaient des tempes plus larges. Sa mâchoire saillait, légèrement tordue. Il promena ses yeux luisants à travers le jardin. La brume estompait le contour des arbres. Quand son regard s'éleva jusqu'au sommet des marches de ciment, Selma sut que son père venait d'y apparaître. Le pas de Brahim résonna.

Une voix dans le talkie-walkie fit sursauter le détenu. Respire tonton. Hume le grand air que les bourrasques dispersent ce matin. Profite de ces heures. Te voilà certes accompagné mais libre pour l'enterrement de ta mère. Une cérémonie à laquelle ta nièce, parce qu'elle est une femme, ne peut assister. Savoure ta chance. Ton privilège d'homme de pouvoir enterrer.

Elle aurait pu, pensa-t-elle, insister, crier, pleurer, convaincre. Entraîner Maya dans sa rébellion. Et sans doute pouvait-elle encore arracher sa place dans le convoi masculin qui allait partir. Son père n'avait-il pas avoué l'injustice de cette tradition?

Ne lui avait-il pas juré qu'à son enterrement à lui, il désirerait la présence de sa fille et qu'il le ferait savoir ? L'injustice est pavée de bonnes intentions.

Pourquoi Hicham et pas elle ? Pourquoi eux tous, voisins, cousins, époux d'amies, commerçants du quartier et pas elle, la petite-fille ? Celle qui avait découvert sa grand-mère inerte dans la cuisine. Celle qui avait contemplé le sourire étrange que formaient ses lèvres bleuies tandis que ses parents, alertés par ses hurlements, accouraient. Celle qui avait veillé son corps toute la nuit. De Mima, il ne lui restait désormais que la sensation glacée du dernier baiser qu'elle avait déposé sur son front.

Ses parents avaient répété leur unique argument : inutile de faire des vagues. D'aggraver le drame d'un esclandre. Surtout quand dans l'assistance se trouverait le fils de la défunte, exceptionnellement libéré sous haute surveillance.

Hicham avait rendu sa mère malade. Il l'avait inquiétée, tourmentée, écartelée entre l'amour qu'elle lui vouait et sa répugnance pour ce qu'il devenait. Dans cette guerre, pensa Selma, il n'existe qu'une alternative : rompre les liens qui nous abîment ou nous laisser déchirer par eux.

Bien sûr, une part d'elle désirait dévaler les escaliers, se jeter dans les bras de son oncle, lui dire à quel point leur complicité, la tendresse d'autrefois lui manquaient, chercher à en retrouver des bribes. Mais rien ne pouvait plus être pareil. À vouloir raviver le passé, elle ne vivrait jamais.

Le talkie-walkie émit un nouvel appel. Cette fois, c'était sans recours. Il fallait partir. La route jusqu'à la mosquée, puis jusqu'au grand cimetière de Ben Aknoun, serait longue à cause des embouteillages. Brahim se jeta contre son frère. Ses bras étaient malhabiles, gênés par la parka. Les deux hommes s'étreignirent si fort que Selma se demanda ce qui, de l'embrassade ou de la lutte, l'emporterait. Elle ne vit bientôt plus que le dos de son père, agité de secousses, et les mains de son oncle agrippées au tissu beige.

Quand le bruit des moteurs s'éloigna, elle quitta sa chambre. Elle passa devant la cuisine discrètement. Si elle l'apercevait, sa mère la hélerait. Elle l'obligerait à l'aider à préparer le repas de retour du cimetière. Elle l'empêcherait d'aller à Zéralda. Selma ouvrit le placard du couloir. Son ancien sac d'équitation était là, sur l'étagère. À l'intérieur, tout avait vieilli. Le poil des brosses de pansage était devenu rêche. La lamelle en cuir de la cravache s'était desséchée et tordue. Selma enfila ses bottes en caoutchouc. Elle avait revêtu ses collants noirs les plus épais. Zyneb avait jeté ses anciennes culottes d'équitation qui, de toute façon, ne lui allaient plus. Selma referma doucement le portail orange et démarra en direction de l'ouest.

Un vent froid entrait par la fenêtre. Elle n'alluma pas l'autoradio. Elle ne voulait, dans ses oreilles, que le froissement de l'air traversé à toute vitesse sur l'autoroute. Où en étaient-ils désormais ? Le convoi des hommes avait déjà dû quitter la mosquée. Ils gravissaient les allées du cimetière aux arbres badigeonnés de chaux. Bientôt ils atteindraient le carré où reposait son grand-père et la terre serait ouverte une seconde fois. Les ossements de Si Smaïl seraient poussés pour laisser place à sa femme, enveloppée de son linceul blanc.

Selma gara sa voiture dans un nuage de sable. Le vent soufflait fort depuis la plage. Elle claqua la portière. Une bourrasque plaqua sa natte sur sa joue. Elle avança d'un pas déterminé vers les écuries.

Deux rangées de box donnaient sur la cour. La plupart des chevaux avaient sorti la tête dehors. Au fond, à droite, la stalle de Sheïtane était sombre.

Dans la sellerie, Selma trouva le harnachement du cheval dans un piteux état. Depuis quand le mors n'avait-il pas été lavé ? La selle n'avait-elle pas été graissée ? Elle passa la bride autour de son épaule et glissa la selle sur son bras.

Lorsqu'il l'entendit approcher, Sheïtane sortit la tête. Il appuya son poitrail contre la porte et la fit craquer.

Selma sentit sa jambe abîmée s'amollir. Elle déposa la selle sur la porte et, la bride toujours à l'épaule, tira le loquet. Sheïtane souffla doucement quand elle marcha sur la paille. Elle lui flatta l'encolure, passa ses doigts dans le creux des salières. Quand elle lui mit le filet, le cheval se laissa faire. Ses oreilles plièrent au passage de la têtière. Il ouvrit grand la bouche pour accueillir le métal froid du mors. Selma serra la muserolle en veillant à laisser l'épaisseur d'un doigt pour ne pas comprimer son chanfrein blanc. Elle ferma la boucle de la sous-gorge puis sangla la selle une première fois, lâchement, afin de ne pas l'étouffer, régla les étrières sur la longueur de ses bras. Elle savait encore chacun de ces gestes.

Le soleil fit resplendir les colonnes grises et blanches du portique. L'étalon et la jeune femme sortirent dans la cour. Elle avait bouclé sa bombe sous son menton et arrangé sa natte.

Selma prit une profonde inspiration puis, en tenant ensemble pommeau et rênes, elle glissa son pied gauche dans l'étrier. Elle resta là, une seconde, la jambe repliée, l'autre à terre. Parviendrait-elle à se hisser sur le dos de l'animal ? Elle ferma les yeux et, d'une vigoureuse traction des bras, s'assit au sommet. Ne pas regarder en bas. Ne pas donner d'importance aux mètres de vide qui la séparaient du sol. Depuis quand avait-elle le vertige ? Elle projeta son regard au loin, sous l'arche, au-delà de la grande carrière, là où le vent soufflait dans les branches des arbres. Elle réajusta les rênes et d'une pression de mollets fit avancer Sheïtane au pas.

Ils longèrent la barrière en bois. Ils atteignirent la pinède. Sur un sentier, Sheïtane passa au trot. Selma se soulevait et retombait en rythme sur la selle. Petit à petit, son corps devint moins raide mais ses doigts restaient crispés sur les rênes. Elle craignait que le cheval ne s'élance spontanément au galop. Ils arrivèrent sur la plage. Des kilomètres de côte vide s'étendaient devant eux. À droite, l'eau clapotait sur le sable. Selma se rappela ces jours d'été où Mima, son père, sa mère, son oncle et elle déjeunaient sous un parasol. Cette fois, au début de leur adolescence, où Maya et elle s'étaient aventurées seules dans l'eau et s'étaient retrouvées encerclées par de jeunes garçons qui leur avaient jeté du sable à la figure. Elle repensa à Adel. Que seraient-ils tous devenus sans cette guerre ?

Soudain, elle lâcha les rênes. Sheïtane hésita puis comprit. Il s'élança. Ses crins noirs voletèrent. Le soleil dessinait des reflets acajou sur son encolure. Selma se dressa sur ses étriers. Le vent défit sa natte et, tandis que les mèches lui fouettaient les joues, elle plissa les paupières. Elle laissa Sheïtane accélérer jusqu'à ce que le bruit de ses sabots ne soit plus qu'un staccato sur le sable et la mer une rayure bleue grisante.

REMERCIEMENTS

Je remercie Jean-Marie Laclavetine, mon éditeur, pour sa clairvoyance et sa confiance à toutes les étapes du manuscrit : sans lui, je n'aurais sans doute pas osé aller vers ce qui m'importait. Je remercie Anne Vijoux, qui le seconde, pour m'avoir aidée à deux moments-clefs : entrer dans l'écriture et en sortir. Ce roman doit beaucoup à ses relecteurs. Toutes et tous lui ont donné un peu d'eux-mêmes : Jean-Philippe Amar, Muriel Barbery, Nazim Belabdelouahab, Yasmina Chibane, Sadek Damerdji, Tristan Leperlier. Merci aussi à Isabelle Bryskier pour son énergie en bout de course. J'ai également une pensée reconnaissante pour Nadia Damerdji qui, lors d'un voyage à Alger, m'a emmenée au centre équestre désaffecté de Baïnem. Bien qu'il s'agisse d'une œuvre de fiction, j'ai donné corps à mes personnages en m'appuyant sur de nombreux récits de vie : je remercie toutes les personnes qui ont accepté de me parler. J'ai achevé ce texte avec un tout petit bébé à la maison : je remercie encore ma mère pour son aide.

Il y a aussi ceux qui m'ont accompagnée du début à la fin de cette entreprise au long cours. Merci à Robert Lévy pour sa sagesse et pour m'aider à accomplir un travail qui, de bien des façons, entoure l'écriture. Merci à ma sœur, Farah, pour avoir tout de suite parlé de mes personnages comme d'êtres réels et pour le dialogue ininterrompu entre Paris et Bruxelles.

Enfin, je remercie Paul qui, du premier jet jusqu'aux dernières corrections avec notre fille, m'a aidée à trouver le temps, l'espace et la joie d'écrire.

Composition : PCA
Achevé d'imprimer
par CPI Firmin-Didot
à Mesnil-sur-l'Estrée, en janvier 2024
Dépôt légal : janvier 2024
Premier dépôt légal : décembre 2023
Numéro d'imprimeur : 178316

ISBN : 978-2-07-302570-8/Imprimé en France

633227